市政工程造价细节解析与示例丛书

燃气与集中供热工程造价细节解析与示例

杨　伟
杜贵成　主编

机械工业出版社

本书以《建设工程工程量清单计价规范》（GB 50500—2003）及《全国统一市政工程预算定额》（第七册　燃气与集中供热工程）为基本依据，对燃气与集中供热工程造价各个细节作了详细的阐述，并对燃气与集中供热工程中的常用名词作了解释。

本书可供从事燃气与集中供热工程造价工作人员和工程管理人员使用，也可作为大专院校相应专业师生的参考读物。

图书在版编目（CIP）数据

燃气与集中供热工程造价细节解析与示例/杨伟，杜贵成主编. —北京：机械工业出版社，2008.7

（市政工程造价细节解析与示例丛书）

ISBN 978-7-111-24580-3

Ⅰ. 燃…　Ⅱ. ①杨…②杜…　Ⅲ. ①燃气-市政工程-工程造价②集中供热-市政工程-工程造价　Ⅳ. TU99

中国版本图书馆 CIP 数据核字（2008）第 099489 号

机械工业出版社（北京市百万庄大街 22 号　邮政编码 100037）
责任编辑：范秋涛　责任校对：樊钟英
封面设计：马精明　责任印制：杨　曦
三河市国英印务有限公司印刷
2008 年 8 月第 1 版第 1 次印刷
148mm×210mm·8.25 印张·244 千字
标准书号：ISBN 978-7-111-24580-3
定价：24.00 元

《燃气与集中供热工程造价细节解析与示例》
编 写 人 员

主　　编：杨　伟　　杜贵成

副 主 编：王显军　　孟凡康

参　　编：马　妍　　王立河　　王　珏　　王建伟

　　　　　白雅君　　安　宁　　刘　胜　　刘慧燕

　　　　　许佳琪　　陈燕卿　　张凤武　　董　磊

前　言

老子说："天下大事，必做于细。"成也细节，败也细节，细节的不等式意味着1%的错误将会导致100%的失败。许多事情的失败，往往是由于在细节上没有尽力而造成的。精细化管理时代已经到来，我们一定要注重细节，把小事做细。基于上述原因，我们采用细节的模式，把市政工程燃气与集中供热工程造价分解为多个细节进行阐述。

本书对燃气与集中供热工程造价各个细节进行了详细的阐述，后又按音序排序列举了燃气与集中供热工程中常用的名词解释，以供参考。

本书特点如下：

1. 具有规范性

本书以现行的最新规范、法规、标准和定额为依据，尤其是以《建设工程工程量清单计价规范》（GB 50500—2003）及《全国统一市政工程预算定额》（第七册　燃气与集中供热工程）为基本依据。

2. 实用性强

本书中的资料、数据等，都是造价人员经常用到的。

3. 条目清晰，查找方便

本书采用细节的方式，覆盖面广，内容丰富，深入浅出，循序渐进，体例新颖，通俗易懂，有很强的针对性、适用性和可操作性，便于使用查找。

4. 适用范围广

本书供从事造价工作的专业人员和工程管理人员使用，也可作为大专院校相关专业师生的参考读物。

本书在编写过程中参阅和借鉴了许多优秀书籍、专著和有关文献资料，并得到了有关领导和专家的帮助，在此一并致谢。由于作者的学识和经验所限，书中难免存在疏漏或未尽之处，恳请广大读者和专家批评指正。

编　者

目 录

1 市政工程造价概论

细节：定额的概念

定额是指在合理的劳动组织、合理地使用材料和机械的条件下，完成单位合格产品所消耗的资源数量标准。

在社会生产中，为了生产某一合格产品，都要消耗一定数量的人工、材料、机具、机械台班和资金。这种消耗数量，受各种生产条件的影响，因此是各不相同的，在一个产品中，这种消耗越大，则产品的成本越高，在产品价格一定的条件下，企业的盈利就会降低，对社会的贡献也就较低，因此降低产品生产过程中的消耗有着十分重要的意义。但是这种消耗不可能无限地降低，它在一定的生产条件下，必有一个合理的数额。因此，根据一定时期的生产水平和产品的质量要求，规定出一个大多数人经过努力可以达到的合理的消耗标准，这种标准就称为定额。

细节：安装工程预算定额的概念

在安装工程生产过程中，完成某一分项工程的生产，必须消耗一定数量的劳动力、机械台班和材料。安装工程预算定额是指按社会平均必要劳动量确定的建筑安装工程合格单位产品所消耗的物化劳动和活劳动的数量标准。安装工程预算定额由定额总说明、目录、册说明、分章说明、定额表、附录等组成，是在遵循科学经济技术立法原则，以及细算粗编，简明适用，技术先进合理的原则下，具有法令性、科学性、相对稳定性和灵活性的特点所编制的标准性文件。它包括机械设备安装工程、电气设备安装工程、热力设备安装工程、炉窑砌筑工程、静置设备与工艺金属结构制作安装工程、工艺管道工程、

消防及安装防范设备工程、给水排水采暖燃气工程、通风空调工程等
十二项。

细节：市政工程定额的概念

在市政工程施工过程中，在一定的施工组织和施工技术条件下，
用科学的方法和实践经验相结合，制定为生产质量合格的单位工程产
品所必须消耗的人工、材料和机械台班的数量标准，就称为市政工程
定额，或简称为工程定额。

细节：市政工程定额的分类

市政工程定额种类很多，如图 1-1 所示。一般按生产要素、建设
用途、性质与适用范围，可分为以下类型。

1. 按生产要素分类

按生产要素分类可分为劳动消耗定额、材料消耗定额与机械台班
消耗定额。

定 额	定 义
劳动消耗定额	劳动定额也称人工定额，它规定了在正常施工条件下，某工种的某一等级工人为生产单位合格产品，所必须消耗的劳动时间，或在一定的劳动时间内，所生产合格产品的数量 劳动定额按其表现形式不同，可分为时间定额和产量定额
材料消耗定额	材料消耗定额是在正常施工和合理使用材料的条件下，生产单位合格产品所必须消耗的各种材料、燃料、成品、半成品或构配件等的数量
机械台班消耗定额	机械台班定额简称机械定额，它是在合理的劳动组织与正常施工条件下，利用机械生产单位合格产品所必需消耗的机械工作时间，或在单位时间内，机械完成合格产品的数量 机械消耗定额可分为时间定额和产量定额

2. 按建设用途性质分类

按建设用途性质分类可分为施工定额、预算定额、概算定额与概
算指标。

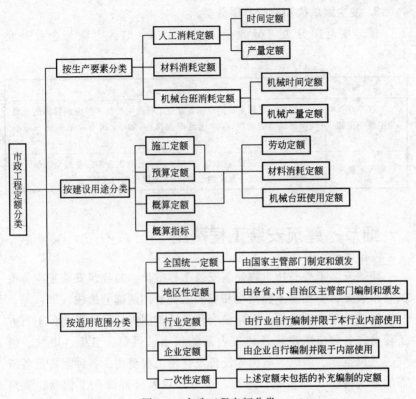

图 1-1　市政工程定额分类

定 额	定 义
施工定额	施工定额是直接用于基层施工管理中的定额,它一般由劳动定额、材料消耗定额和机械台班使用定额三个部分组成。根据施工定额,可以计算不同工程项目的人工、材料和机械台班的需用量。施工定额是编制预算定额,确定人工、材料、机械消耗数量标准的基础依据
预算定额	预算定额是确定一定计量单位的分项工程或结构构件的人工、材料(包括成品、半成品)和施工机械台班耗用量以及费用标准。预算定额是确定工程造价的主要依据,是计算标底和确定报价的主要依据
概算定额	概算定额是预算定额的扩大与合并,它是确定一定计量单位扩大分项工程的人工、材料和施工机械台班的需要量以及费用标准,是设计单位编制设计概算所使用的定额
概算指标	概算指标是以整个构筑物为对象,或以一定数量面积(或长度)为计量单位,而规定人工、机械与材料的耗用量及其费用标准。它主要是用于投资估算所使用的定额 　概算定额是介于预算定额与概算指标之间的定额

3. 按主编单位和执行范围分类

按适用范围分类可分为全国统一定额、地区定额与企业补充定额。

定　额	定　义
全国统一定额	全国统一定额是根据全国各专业工程的生产技术与组织管理的一般情况而编制的定额,在全国范围内执行,如《全国市政工程统一劳动定额》
地区定额	地区定额是各省、自治区、直辖市建设行政主管部门参照全国统一定额及国家有关统一规定制定的,在本地区范围内使用

细节：建筑安装工程费用

建筑安装工程费用也称建筑安装工程造价,是建筑安装工程价值的货币表现,由建筑工程费用和安装工程费用两部分组成。

建筑工程费用包括:在建设项目设计范围内的场地平整,土石方工程费;各种房屋建筑及建筑内部的供水、供热、卫生、电气、燃气、通风空调、弱电、电梯等设备及管线工程费用;各种附属设备所需的建筑构造（如基础、地沟、水池）以及外部绿化工程费;铁路专用线、厂外道路、码头等建设工程费。

安装工程费包括主要生产建设以及辅助生产等单项工程中所需安装的电气、自动控制、运输、供热与制冷等设备及装置的安装工程费;管道安装及管道衬里、防腐、保温工程费;管线（如供电线、通信线等）的安装工程费。

细节：施工定额

1. 施工定额的概念

施工定额是直接用于市政工程施工管理中的一种定额,是施工企业管理工作的基础。它是以同一性质的施工过程为测定对象,在正常施工条件下完成单位合格产品所需消耗的人工、材料和机械台班的数量标准。因采用技术测定方法制定，故又称为技术定额。根据施工定额可以直接计算出不同工程项目的人工、材料和机械台班的需要量。

施工定额是以工序定额为基础，由工序定额结合而成的，可直接用于施工之中。

施工定额由劳动定额、材料消耗定额和机械台班使用定额三部分所组成。

2. 施工定额的作用

1）是施工队向班组签发施工任务单和限额领料单的依据。

2）是编制施工预算的主要依据。

3）是施工企业编制施工组织设计和施工作业计划的依据。

4）是加强施工企业成本核算和成本管理的依据。

5）是编制预算定额和单位估价表的依据。

6）是贯彻经济责任制、实行按劳分配和内部承包责任制的依据。

细节：劳动定额

劳动定额也称人工定额。它是施工定额的主要组成部分，表示建筑工人劳动生产率的一个指标。

劳动定额由于表现形式不同，可分为时间定额和产量定额。

1. 时间定额

就是某种专业、某种技术等级工人班组或个人在合理的劳动组织与合理使用材料的条件下完成单位合格产品所需的工作时间。定额中的时间包括工人有效工作时间（准备与结束时间、基本生产时间和辅助生产时间）、工人必须休息时间和不可避免的中断时间。

时间定额以工日为单位，每一工日工作时间按现行制度规定为 8 小时。其计算方法如下：

$$单位产品时间定额(工日) = \frac{1}{每工产量} \tag{1-1}$$

或

$$单位产品时间定额(工日) = \frac{小组成员工日数的总和}{台班产量} \qquad (1-2)$$

2. 产量定额

就是在合理的劳动组成与合理使用材料的条件下，某工种技术等级的工人班组或个人在单位工日中所应完成的合格产品数量。其计算方法如下：

$$每工产量 = \frac{1}{单位产品时间定额(工日)} \qquad (1-3)$$

或

$$每班产量 = \frac{小组成员工日数的总和}{单位产品时间定额(工日)} \qquad (1-4)$$

产量定额的计量单位，以单位时间的产品计量单位表示，如立方米、平方米、米、吨、块、根等。

时间定额与产量定额互成倒数，即

$$时间定额 = \frac{1}{产量定额} \qquad (1-5)$$

综合时间定额为完成同一产品各单项时间定额的总和，即综合时间定额（工日）= $\sum$ 单项时间定额。

$$综合产量定额 = \frac{1}{综合时间定额(工日)} \qquad (1-6)$$

时间定额和产量定额都表示同一个劳动定额，但各有用途。时间定额是以工日为单位，便于计算某一分部（项）工程所需要的总工日数，易于核算工资和编制施工进度计划，用于计算也比较适宜和方便。所以劳动定额一般采用时间定额的形式比较普遍。产量定额是以产品数量为单位，具有形象化的特点，用于施工小组分配任务，考核工人劳动生产率。

细节：人工幅度差

凡依据劳动定额的时间定额计算用工数者，均应按规定计入人工幅度差；根据施工实际采用估工增加的辅助用工，不计算人工幅度差。

人工幅度差指定额项目以外所必须增加的直接生产用工附加额。

人工幅度差的主要内容如下：

1）在正常施工组织情况下，工程间的工序搭接及工种之间的正常交叉配合或影响所需停歇时间。

2）施工机械在场内单位工程间变换位置和临时水电线路在施工过程中移动时所发生不可避免的工人操作间歇时间。

3）工程质量检查及隐蔽工程验收而影响工人的操作时间。

4）现场内单位工程之间操作地点转移影响工人操作时间。

5）施工过程中工程之间交叉作业造成损坏所需的修理用工。

6）施工中难以预见的少数零星用工。

人工幅度差用工量计算公式如下：

$$人工幅度差用工 = （基本用工 + 超运距用工）× 人工幅度差系数$$

$$(1-7)$$

人工幅度差系数一般为 10% ~ 15%。在定额中，人工幅度差的用工量列入其他用工量中。

一般情况下，人工工日消耗量均按规定计入人工幅度差，或者用下列简明方式说明人工幅度差：

1）工序交叉、搭接停歇的时间损失。

2）机械临时维修、小修、移动不可避免的时间损失。

3）工程检验影响的时间损失。

4）施工收尾及工作面小影响的时间损失。

5）施工用水、电管线移动影响的时间损失。

6）工程完工、工作面转移造成的时间损失。

细节：材料消耗定额

材料消耗定额是指在节约与合理使用材料的条件下，生产单位产品所必须消耗合格材料、构件或配件的数量标准，用下式表示：

$$材料总用量 = \frac{净用量}{1 - 损耗率} \qquad (1-8)$$

上式损耗率如取损耗量与净用量比值时，定额改按下式计算：

$$材料总用量 = 净用量 \times (1 + 损耗率) \tag{1-9}$$

式中　净用量——构成产品实体的消耗量；

　　　损耗率——损耗量与总用量的比值，其中损耗量为施工中不可避免的施工损耗。

定额中的材料可分为以下四类：

（1）主要材料　指直接构成工程实体的材料，其中也包括半成品、成品等。

（2）辅助材料　指直接构成工程实体，但用量较小的材料，如铁钉、铅丝等。

（3）周转材料　指多次使用，但不构成工程实体的材料，如脚手架、模板等。

（4）其他材料　指用量小、价值小的零星材料，如棉纱等。

细节：机械台班使用定额

机械台班使用定额是完成单位合格产品所必需的机械台班消耗标准。它也分为机械时间定额和机械产量定额。

机械时间定额就是生产质量合格的单位产品所必需消耗的机械工作时间。机械消耗时间定额以某台机械一个工作班（8小时）为一个台班进行计量。其计算方法如下：

$$单位产品机械时间定额(台班) = \frac{1}{台班产量} \tag{1-10}$$

或

$$单位产品机械时间定额(台班) = \frac{小组成员台班数总和}{台班产量} \tag{1-11}$$

机械产量定额就是在一个单位机械台班工作日，完成合格产品的数量。其计算方法如下：

$$台班产量 = \frac{1}{单位产品机械时间定额(台班)} \tag{1-12}$$

或

$$台班产量 = \frac{小组成员台班数总和}{单位产品机械时间定额（台班）} \tag{1-13}$$

细节：机械幅度差

机械幅度差是指在规定的机械台班产量内，未包括的而机械在施工现场的一些必要停歇时间以及一些不便计算的非直线的机械台班消耗量，在确定预算定额机械台班使用量时，另需增加的附加额度。

机械幅度差的主要内容如下：

1）施工机械转移工作面及配套机械相互影响损失的时间。

2）在正常施工情况下，机械施工中不可避免的工序间歇。

3）工程结尾工作不饱满所损失的时间。

4）检查工程质量影响机械操作时间。

5）临时水电线路在施工过程中移动所发生的不可避免的工序间歇，以及临时停电、停水所发生的工作间歇。

6）冬季施工期间发动机械所需时间。

7）不同规格、型号机械工效差。

8）配合机械的人工在人工幅度差范围内的工作间歇从而影响工作的时间。

或者用下种简明方式说明机械幅度差：

1）配套机械相互影响的时间损失。

2）工程开工或结尾工作量不饱满的损失时间。

3）临时停水停电影响的时间。

4）检查工程质量影响的时间。

5）施工中不可避免的故障排除、维修及工序间交叉影响的时间间歇。

细节：企业定额

企业定额是由企业编制，但需一定机关批准，只限于本企业内部使用的定额。包括企业及附属的加工厂、车间编制的定额，以及具有经营性质的定额标准、出厂价格、机械台班租赁价格等。

1. 企业定额的性质及作用

（1）企业定额的性质　企业定额是施工企业根据本企业的施工技术和管理水平，以及有关工程造价资料制定的，并供本企业使用的人工、材料和机械台班消耗量标准，供企业内部进行经营管理、成本核算和投标报价的企业内部文件。

（2）企业定额的作用　企业定额是企业直接生产工人在合理的施工组织和正常条件下，为完成单位合格产品或完成一定量的工作所耗用的人工、材料和机械台班使用量的标准数量。企业定额不仅能反映企业的劳动生产率和技术装备水平，同时也是衡量企业管理水平的标尺，是企业加强集约经营、精细管理的前提和主要手段。其主要作用有：

1）是编制施工组织设计和施工作业计划的依据。

2）是组织和指导生产的有效工具。

3）是推广先进技术的必要手段。

4）是企业内部编制施工预算的统一标准，也是加强项目成本管理和主要经济指标考核的基础。

5）是施工队和施工班组下达施工任务书和限额领料、计算施工工时和工人劳动报酬的依据。

6）是企业走向市场参与竞争，加强工程成本管理，进行投标报价的主要依据。

7）是编制工程量清单报价的依据。

2. 企业定额的构成及表现形式

企业定额的编制应根据自身的特点，遵循简单、明了、准确、适用的原则。企业定额的构成及表现形式因企业的性质不同、取得资料的详细程序不同、编制的目的不同、编制的方法不同而不同。其构成及表现形式主要有以下几种：

1）企业劳动定额。

2）企业材料消耗定额。

3）企业机械台班使用定额。

4）企业施工定额。

5）企业定额估价表。

6）企业额定标准。

7）企业产品出厂价格。

8）企业机械台班租赁价格。

细节：预算定额

1. 预算定额的概念

预算定额是确定一定计量单位的分项工程或结构构件的人工、材料、机械台班消耗量的标准。

2. 预算定额的作用

1）预算定额是编制单位估价表和施工图预算、合理确定工程造价的基本依据。

2）预算定额是国家对基本建设进行计划管理和认真贯彻执行"厉行节约"方针的重要工具之一。

3）预算定额是工程竣工决算的依据。

4）预算定额是建筑安装企业进行经济核算与编制施工作业计划的依据。

5）预算定额是编制概算定额与概算指标的基础资料。

6）预算定额是编制招标标底、投标报价的依据。

7）预算定额是编制施工组织设计的依据。

综上所述，预算定额对合理确定工程造价，实行计划管理，监督工程拨款，进行竣工决算，促进企业经济核算，改善经营管理以及推行招标投标制等方面都有重要的作用。

细节：单位估价表应用

进行工程造价计算时，要分清市政工程单位估价表与统一安装工程基价表的使用界限。两者不能混用。因单位估价表（或基价表）是与间接费收费标准配套使用的，市政工程间接费收费标准与统一安装工程间接费收费标准不同。安装工程基价表与市政工程单位估价表的使用界限与管道的划分界限一致。

细节：市政工程预算

1. 市政工程预算的意义

市政工程预算是控制和确定工程造价的文件。搞好工程预算，对正确确定工程造价、控制工程项目投资、推行经济合同制、提高投资效益都具有重要的意义。

2. 市政工程预算的性质

市政工程预算是反映市政工程投资经济效果的一种技术经济文件，通常有两种反映形式：用货币反映及用实物反映。用货币反映的称为造价预算；用人工、材料、机械台班反映的称为实物预算。

市政工程预算的性质既是反映工程投资经济效果的技术经济文件，又是确定市政工程预算造价的主要形式。

3. 市政工程预算的分类

市政工程预算从广义上讲是一个总称，市政工程预算在不同的设计阶段和不同工程建设阶段所起作用和使用编制依据不同。市政工程预算可分为：设计概算、施工图预算和施工预算三种。

分　类	定　义
设计概算	设计概算一般是在扩大初步设计阶段编制的，这个阶段施工图还没有出，这是设计单位根据初步设计图纸、概算定额及有关费用定额，编制成的拟建工程从筹建到竣工验收、交付使用的全部市政费用的文件，是粗线条预算 设计概算是扩大初步设计阶段必须编制的重要文件。它是控制和确定建设项目造价、编制固定资产投资计划、签订建设项目总包合同贷款的总合同，实行建设项目投资包干的依据。在设计施工图纸出齐后，一般应再出修正概算，原则上不能突破原概算

（续）

分 类	定 义
施工图预算（市政工程预算）	施工图预算是施工单位在工程开工之前，根据已批准的施工图，在既定的施工方案（或施工组织设计）的前提下，按照现行统一的市政工程预算定额、工程量计算规则及各种取费标准等，逐项计算编制而成的单位工程或单项工程费用文件 在施工图阶段，必须编制施工图预算。施工图预算是确定工程预算造价、签订工程合同、实行建设单位和施工单位投资包干和办理工程结算的依据。实行招标工程，预算是工程价款的标底 概算和预算两者均属设计预算范畴之间，均应由设计单位负责编制 施工图预算与设计概算有所不同，设计概算是在扩大初步设计阶段编制的，主要起控制造价作用，所以它的价格是控制性的，还不能算是正式价格。而施工图预算是在施工图设计阶段或合同阶段编制的，主要是确定造价的作用，是社会承认的价格。当然，如果实行概算包干，设计概算也起到确定造价的作用
施工预算	施工预算是施工单位内部编制的预算。是指在施工阶段在施工图预算的控制下，施工企业根据施工图纸、施工定额、施工方案，结合现场实际施工方法编制的费用文件 施工预算是施工单位在施工前编制的预算，它是编制施工作业计划，签发施工任务单，开展经济活动分析的依据，也是考核劳动成果实行按劳分配的依据 图 1-2 是预算系统示意图

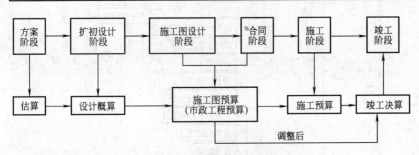

图 1-2 预算系统示意图

细节：市政工程预算费用的组成

市政工程费用是组成市政工程预算的主要部分，市政工程造价由直接费、间接费、利润和税金四个部分组成。

图 1-3 是市政工程造价组成图，也是预算费用组成图。

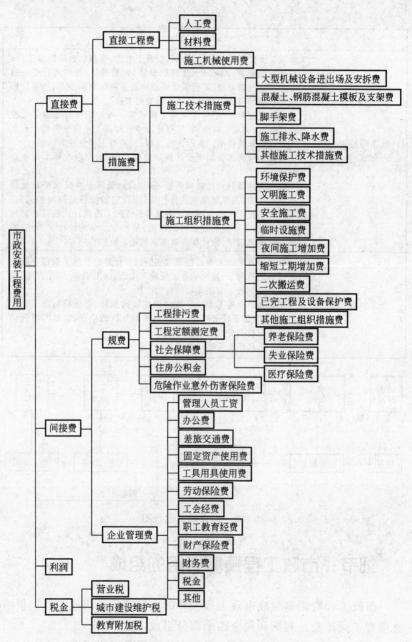

图 1-3 市政安装工程费用组成图

细节：水暖燃气工程预算

水暖燃气工程预算系指在水暖燃气工程施工图设计完成以后，以施工图纸为依据，根据国家颁发的水暖燃气工程预算定额（或根据预算定额编制的地区单位估价表）、间接费定额、材料预算价格、差别利润、税金计取标准以及其他有关规定编制的反映水暖燃气工程造价文件，就叫做水暖燃气工程施工图预算，简称水暖燃气工程预算。

细节：直接费

直接费由直接工程费和措施费组成。

1. 直接工程费

直接工程费是指工程施工过程中耗费的构成工程实体的各项费用，包括人工费、材料费、施工机械使用费。

$$直接工程费 = 人工费 + 材料费 + 施工机械使用费 \qquad (1-14)$$

（1）人工费　人工费是指直接从事建设工程施工的生产工人开支的各项费用。

$$人工费 = \sum（各项目定额工日消耗量 × 人工工日单价）(1-15)$$

内容包括：

1）基本工资：是指发放给生产工人的基本工资。

2）工资性补贴：是指按规定标准发放的物价补贴，煤、燃气补贴，交通补贴，住房补贴，流动施工津贴等。

3）生产工人辅助工资：是指生产工人年有效施工天数以外的非作业天数的工资，包括职工学习、培训期间的工资，调动工作、探亲、休假期间的工资，因气候影响的停工工资，女工哺乳期间的工资，病假在六个月以内的工资及产、婚、丧假期的工资。

4）职工福利费：是指按规定标准计提的职工福利费。

5）生产工人劳动保护费：是指按规定标准发放的生产工人劳动保护用品的购置费及修理费，服装补贴、防暑降温费，在有碍身体健康环境中施工的保健费用等。

(2) 材料费　材料费是指施工过程中耗用的构成工程实体的原材料、辅助材料、构配件、零件、半成品的费用。内容包括：

1) 材料原价（或供应价格）。

2) 材料运杂费：是指材料自来源地运至工地仓库或指定堆放地点所发生的全部费用。

3) 运输损耗费：是指材料在运输装卸过程中不可避免的损耗。

4) 采购及保管费：是指为组织采购、供应和保管材料过程所需要的各项费用，包括采购费、仓储费、工地保管费、仓储损耗。

5) 检验试验费：是指对建筑材料、构件和建筑安装物进行一般鉴定、检查所发生的费用，包括自设试验室进行试验所耗用的材料和化学药品等费用。不包括新结构、新材料的试验费和建设单位对具有出厂合格证明的材料进行检验，对构件做破坏性试验及其他有特殊要求需要检验试验的费用。材料费计取公式如下：

$$材料费 = \sum（材料消耗量 \times 材料基价）+ 检验试验费 \qquad (1-16)$$

$$材料基价 = [（供应价格 + 运杂费）\times（1 + 运输损耗率\%）] \times$$
$$（1 + 采购保管费率\%） \qquad (1-17)$$

$$检验试验费 = \sum（单位材料检验试验费 \times 材料消耗量） \qquad (1-18)$$

(3) 施工机械使用费　施工机械使用费是指施工机械作业所发生的机械使用费，以及机械安拆费和场外运输费。

施工机械台班单价应由下列七项费用组成：

1) 折旧费：是指施工机械在规定的使用年限内，陆续收回其原值及购置资金的时间价值。

2) 大修理费：是指施工机械按规定的大修理间隔台班进行必要的大修理，以恢复其正常功能所需的费用。

3) 经常修理费：是指施工机械除大修理以外的各级保养和临时故障排除所需的费用。包括为保障机械正常运转所需替换设备与随机配备工具附具的摊销和维护费用，机械运转中日常保养所需润滑与擦拭的材料费用及机械停滞期间的维护和保养费用等。

4) 安拆费及场外运费：安拆费是指一般施工机械（不包括大型机械）在现场进行安装与拆卸所需的人工、材料、机械和试运转费用，以及机械辅助设施的折旧、搭设、拆除等费用；场外运费是指一般施工机械（不包括大型机械）整体或分体自停放场地运至施工场地，或由一施工场地运至另一施工场地的运输、装卸、辅助材料及架线等费用。

5）人工费：是指机上司机（司炉）和其他操作人员的工作日人工费，及上述人员在施工机械规定的年工作台班以外的人工费。

6）燃料动力费：是指施工机械在运转作业中所消耗的固体燃料（煤、木柴）、液体燃料（汽油、柴油）及水、电等。

7）养路费及车船使用税：指施工机械按照国家和有关部门规定应缴纳的养路费、车船使用税、保险费及年检费等。

施工机械使用费计取公式如下：

施工机械使用费 = $\sum$（施工机械台班消耗量 × 机械台班单价）

$$\tag{1-19}$$

2. 措施费

措施费是指为完成工程项目施工，发生于该工程施工前和施工过程中非工程实体项目的费用，由施工技术措施费和施工组织措施费组成。

施工技术措施费内容包括：

（1）大型机械设备进出场及安拆费　是指大型机械整体或分体自停放场地运至施工现场，或由一个施工地点运至另一个施工地点所发生的机械进出场运输转移费用，及机械在施工现场进行安装、拆卸所需的人工费、材料费、机械费、试运转费和安装所需的辅助设施的费用。其计算公式如下：

$$大型机械进出场及安拆费 = \frac{一次进出场及安拆费 \times 年平均安拆次数}{年工作台班}$$

$$\tag{1-20}$$

（2）混凝土、钢筋混凝土模板及支架费　是指混凝土施工过程中需要的各种钢模板、木模板、支架等的支、拆、运输费用及模板、支架的摊销（或租赁）费用。

计算方法：混凝土、钢筋混凝土模板及支架费按自有和租赁两种不同情况分别计算，其计算公式如下：

1）模板及支架费 = 模板摊销量 × 模板价格 + 支、拆、运输费

$$\tag{1-21}$$

摊销量 = 一次使用量 × (1 + 施工损耗) × [1 + (周转次数 - 1) ×

补损率/周转次数 - (1 - 补损率)50%/周转次数]　　(1-22)

2）　租赁费 = 模板使用量 × 使用日期 × 租赁价格 + 支、拆、运

输费　　(1-23)

（3）脚手架费　是指施工需要的各种脚手架搭、拆、运输费用及脚手架的摊销（或租赁）费用。其计算公式如下：

1）脚手架搭拆费 = 脚手架摊销量 × 脚手架价格 + 搭、拆、运输费

　　(1-24)

$$脚手架摊销量 = \frac{单位一次使用量 × (1 - 残值率)}{(耐用期/一次使用期)} \quad (1-25)$$

2）租赁费 = 脚手架每日租金 × 搭设周期 + 搭、拆、运输费　(1-26)

（4）施工排水、降水费　是指为确保工程在正常条件下施工，采取各种排水、降水措施所发生的各种费用。计算公式如下：

排水、降水费 = Σ排水降水机械台班费 × 排水降水周期 +

排水降水使用材料费、人工费　　(1-27)

（5）其他施工技术措施费　是指根据各专业、地区及工程特点补充的技术措施费用项目。

施工组织措施费内容包括：

（1）环境保护费　是指施工现场为达到环保部门要求所需要的各项费用。环境保护费一般是以直接工程费为计算基数，按年平均需要以费率的形式常年计取，包干使用。其计算公式如下：

环境保护费 = 直接工程费 × 环境保护费费率(%)　(1-28)

（2）文明施工费　是指施工现场文明施工所需要的各项费用。一般包括施工现场的标牌设置，施工现场地面硬化，现场周边设立围护设施，现场安全保卫及保持场貌、场容整洁等发生的费用。其计算公式如下：

文明施工费 = 直接工程费 × 文明施工费费率(%)　(1-29)

（3）安全施工费　是指施工现场安全施工所需要的各项费用。一般包括安全防护用具和服装，施工现场的安全警示、消防设施和灭火器材，安全教育培训，安全检查及编制安全措施方案等发生的费用。其计算公式如下：

$$安全施工费 = 直接工程费 \times 安全施工费费率(\%) \quad (1\text{-}30)$$

（4）临时设施费 是指施工企业为进行建筑工程施工所必须搭设的生活和生产用的临时建筑物、构筑物和其他临时设施等发生的费用。

临时设施包括：临时宿舍、文化福利及公用事业房屋与构筑物，仓库、办公室，加工厂（场），以及在规定范围内道路、水、电、管线等临时设施和小型临时设施。

临时设施费用包括：临时设施的搭设、维修、拆除费或摊销费。

临时设施费由以下三部分组成：

1）周转使用临建（如活动房屋）。

2）一次性使用临建（如简易建筑）。

3）其他临时设施（如临时管线）。

计算公式如下：

$$临时设施费 = （周转使用临建费 + 一次性使用临建费） \times$$
$$（1 + 其他临时设施所占比例\%） \quad (1\text{-}31)$$

（5）夜间施工增加费 是指因夜间施工所发生的夜班补助费、夜间施工降效、夜间施工照明设备摊销及照明用电等费用。费用内容包括：

1）照明设施的安装、拆除和摊销费。

2）电力消耗费用。

3）人工工效降低。

4）机械降效。

5）夜班津贴费。

计算公式如下：

$$夜间施工增加费 = \left(1 - \frac{合同工期}{定额工期}\right) \times$$
$$\frac{直接工程费中的人工费合计}{平均日工资单价} \times \frac{每工日夜间}{施工费开支} \quad (1\text{-}32)$$

$$每工日夜间施工费开支 = \frac{夜间施工开支额}{夜间施工人数} \quad (1\text{-}33)$$

（6）缩短工期增加费 是指因缩短工期要求发生的施工增加费，

包括夜间施工增加费、周转材料加大投入量所增加的费用等。

（7）材料二次搬运费　是指因施工场地狭小等特殊情况而发生的二次搬运费用。计算公式如下：

材料二次搬运费＝直接工程费×二次搬运费费率（%）（1-34）

（8）已完工程及设备保护费　是指竣工验收前，对已完工程及设备进行保护所需的费用。计算公式如下：

已完工程及设备保护费＝成品保护所需机械费＋材料费＋人工费

（1-35）

（9）其他施工组织措施费　是指根据各专业、地区及工程特点补充的施工组织措施费用项目。

细节：间接费

间接费由规费、企业管理费组成。

1. 规费

规费是指政府和有关政府行政主管部门规定必须缴纳的费用（简称规费）。包括：

（1）工程排污费　是指施工现场按规定缴纳的工程排污费。

（2）工程定额测定费　是指按规定支付工程造价管理机构的技术经济标准的制定和定额测定费。

（3）社会保障费　包括养老保险费、失业保险费和医疗保险费等。

1）养老保险费：是指企业按规定标准为职工缴纳的基本养老保险费。

2）失业保险费：是指企业按照国家规定标准为职工缴纳的失业保险费。

3）医疗保险费：是指企业按照规定标准为职工缴纳的基本医疗保险费。

（4）住房公积金　是指企业按规定标准为职工缴纳的住房公积金。

（5）危险作业意外伤害保险费　是指按照《建筑法》规定，企业为从事危险作业的建筑安装施工人员支付的意外伤害保险费。

规费计算公式如下：

$$规费 = 计算基数 × 规费费率 \qquad (1-36)$$

2. 企业管理费

企业管理费是指建筑安装企业组织施工生产和经营管理所需的费用。内容包括：

（1）**管理人员工资**　是指管理人员的基本工资、工资性补贴、职工福利费、劳动保护费等。

（2）**办公费**　是指企业管理办公用的文具、纸张、账表、印刷、邮电、书报、会议、水电、烧水和集体取暖（包括现场临时宿舍取暖）用煤等费用。

（3）**差旅交通费**　是指职工因公出差、调动工作的差旅费，住勤补助费，市内交通费和误餐补助费，职工探亲路费，劳动力招募费，职工离退休、退职一次性路费，工伤人员就医路费，工地转移费以及管理部门使用的交通工具的油料、燃料、养路费及牌照费等。

（4）**固定资产使用费**　是指管理和试验部门及附属生产单位使用的属于固定资产的房屋、设备仪器等的折旧、大修、维修或租赁费。

（5）**工具用具使用费**　是指管理使用的不属于固定资产的生产工具、器具、家具、交通工具和检验、试验、测绘、消防用具等的购置、维修和摊销费。

（6）**劳动保险费**　是指由企业支付离退休职工的异地安家补助费、职工退职金、六个月以上的长病假人员工资、职工死亡丧葬补助费、抚恤费、按规定支付给离休干部的各项经费。

（7）**工会经费**　是指企业按职工工资总额计提的工会经费。

（8）**职工教育经费**　是指企业为职工学习先进技术和提高文化水平，按职工工资总额计提的费用。

（9）**财产保险费**　是指施工管理用财产、车辆保险。

（10）**财务费**　是指企业为筹集资金而发生的各种费用。

（11）**税金**　是指企业按规定缴纳的房产税、车船使用税、土地使用税、印花税等。

（12）其他 包括技术转让费、技术开发费、业务招待费、绿化费、广告费、公证费、法律顾问费、审计费、咨询费等。

间接费定额的计算公式如下（按取费基数的不同分为以下三种）：

1）以直接费为计算基础：间接费 = 直接费合计 × 间接费费率%

$$(1\text{-}37)$$

2）以人工费为计算基础：间接费 = 人工费合计 × 间接费费率%

$$(1\text{-}38)$$

3）以人工费和机械费合计：间接费 = 人工费和机械费合计 × 间接费费率%

$$(1\text{-}39)$$

细节：利润

利润是指施工企业完成所承包工程获得的盈利。利润计算公式如下：

$$利润 = 计算基数 × 利润率\% \qquad (1\text{-}40)$$

计算基数为"人工费"或"人工费加机械费"或"直接费"。

细节：税金

税金是指国家税法规定的应计入建筑工程造价内的营业税、城市维护建设税及教育费附加费用等的总和。

1. 营业税

营业税是按营业额乘以营业税税率确定。建筑安装企业营业税税率为3%。其计算公式为

$$应纳营业税 = 营业额 × 3\% \qquad (1\text{-}41)$$

2. 城乡维护建设税

纳税人所在地为市区的，按营业税的7%征收；所在地为县城镇的，按营业税的5%征收；所在地为农村的，按营业税的1%征收。其计算公式为

$$应纳税额 = 应纳营业税额 \times 适用税率(7\%或5\%或1\%)(1-42)$$

3. 教育费附加

教育费附加是按营业税额的3%确定。其计算公式为

$$应纳税额 = 应纳营业税额 \times 3\% \qquad (1-43)$$

税金计算公式为

$$税金 = (税金造价 + 利润) \times 税率(\%) \qquad (1-44)$$

（1）纳税地点在市区的企业

$$税率(\%) = \left[\frac{1}{1-3\%-(3\% \times 7\%)-(3\% \times 3\%)} - 1 \right] \times 100\% = 3.41\%$$

（2）纳税地点在县城、镇的企业

$$税率(\%) = \left[\frac{1}{1-3\%-(3\% \times 5\%)-(3\% \times 3\%)} - 1 \right] \times 100\% = 3.35\%$$

（3）纳税地点不在市区、县城、镇的企业

$$税率(\%) = \left[\frac{1}{1-3\%-(3\% \times 1\%)-(3\% \times 3\%)} - 1 \right] \times 100\% = 3.22\%$$

细节：施工管理费

1. 管理人员和服务人员的工资总额

工资总额是指施工企业直接支付给管理人员和服务人员劳动报酬的总额。包括基本工资、资金、津贴和其他工资。

2. 职工福利费

指企业按国家规定计提的管理人员和服务人员的职工福利费。

3. 劳动保护费

指管理人员和服务人员所需的劳动保护用品、保健用品、防暑降温等费用。

4. 工会经费

企业按工会法规定的管理人员和服务人员的工会经费。

5. 职工教育经费

指企业按国家有关规定计提的管理人员和服务人员的职工教育经费。

6. 办公费

指企业行政管理办公用的文具、纸张、账表、印刷、复印、邮电通信、书报、水、电、会议等费用。

7. 差旅交通费

指企业管理人员和服务人员因工作需要所发生的差旅费、市内交通费以及行政管理部门使用的交通工具燃料费、养路费及牌照费等。

8. 非生产性固定资产使用费

指企业行政管理和试验部门使用的属于固定资产的房屋、设备仪器等折旧基金、大修理基金、维修费、租赁费等。

9. 低值易耗品摊销（工具用具使用费）

指不属于固定资产的行政管理、施工生产所需要的工具、检验、试验及测绘用具等的购置、摊销、维修、检测等费用。

10. 各类税

指行政和生产按规定支付的房产税、车船使用税、土地使用税、印花税等各类税。

11. 社会保险基金

指根据社会保险有关法规和条例，按规定缴纳的基本养老金、失业保险金、基本医疗保险金，包括企业和个人共同承担的费用。

12. 住房公积金

根据国务院《住房公积金管理条件》规定，住房公积金是指国家机关、国有企业、城镇集体企业、外商投资企业、城镇私营企业及其他城镇企业、事业单位及其在职职工缴存的长期储金。

13. 业务活动经费

指施工企业在业务经营活动范围内所发生的经费。

14. 检验试验费

指对材料、构件等进行一般鉴定、试验、检查所发生的费用（包括施工现场进行试验所耗用的材料）以及研究试验费。不包括新结构、新材料的实验费和建设单位要求，对具有出厂合格证明的材料进行试验和构件破坏性试验以及其他特殊要求检验试验的费用。

15. 施工因素增加费

指根据市政工程特点在施工前可预见的因素所发生的费用。内容包括：施工区域的临时排水、封拆头子（不包括潜水设备台班费）、开挖样洞、各种其他管线与市政工程交叉施工影响的工效和临时加固措施的费用，以及为了保证施工区域内居民、企事业单位、商店的正常生活、办公、生产，发生间断施工所必须增加的费用。

16. 临时设施费

指工程施工必需的生活和生产用的临时建筑物、构筑物和其他临时设施等费用，包括宿舍、仓库、办公室、加工厂及规定范围内道路、水、电、管线等。

17. 工程

工程定位、复测、点交。

18. 场地

场地清理。

19. 其他

指上述费用以外的其他必须发生的费用。包括：排污费、清洁卫生费、绿化费、兵役优待金、河道工程修建维护管理费、堤防费等。

细节：综合费用

综合费用由施工管理费和利润组成。

施工管理费是指施工企业为组织和管理生产经营活动发生的所有费用。

利润指施工企业根据市场的实际情况，计入工程费用中的期望获利。

综合费用计算分为两类：市政工程和市政安装工程。

市政工程包括：道路工程、桥涵及护岸工程、排水管道工程、排水构筑物工程、隧道工程等。市政工程以直接费（人工费、材料费、机械费之和）为基数，由承发包双方以综合费用包括的内容为基础，根据市场情况及市政工程特点，参照工程造价管理机构发布的市场信息费率约定综合费率计算费用。

市政安装工程包括：道路交通管理设施工程中的交通标志、信号设施、值勤亭、隔离设施、排水构筑物机械设备安装工程。市政安装工程以人工费为基数，由承发包双方以综合费包括的内容为基础，根据市场情况，参照工程造价管理机构发布的市场信息费率约定综合费率计算费用。

承发包双方根据工程造价管理部门发布的费率信息在合同中约定综合费率时，其中也包括了利润的因素。

注：它与过去定额，如原93市政费用标准的造价计算顺序的区别。原定额费用标准的造价计算顺序表中，利润的计算基数是费用合计（直接费小计＋综合间接费），而且按工程类别实行差别利润率。

细节：施工图预算的概念

施工图预算是根据施工图设计要求所计算的工程量、施工组织设计，现行预算定额、材料预算价格和各地区规定的取费标准，进行计算和编制的单位工程或单项工程的预算造价。

施工图预算有单位工程预算、单次工程预算和建设项目总预算。单位工程施工图预算是根据施工图、施工组织设计、现行预算定额、取费计算规则，以及人工、材料、机械台班等现行的地区价格编制的单位工程施工图预算；汇总各相关单位工程施工图预算便是单项工程施工图预算；汇总各相关单项工程施工图预算便是建设项目市政工程的总预算。

细节：施工图预算的编制

施工图预算的编制，就是将批准的施工图纸经设计交底后的变更设计文件（包括图纸及联系单），既定的施工方法按省、市城乡建设委员会对工程预算编制办法的有关规定，分部分项地把各工程项目的工程量计算出来（在同一个分部分项工程中各个项目同类项可以合并），套用相应的现行定额，累计其全部直接费用（根据费用定额现在称工程直接费）。由于目前又有人工、材料、机械使用费补价差，为计算次序上清楚起见，按定额计算出来的称定额直接费，加上三项费用补差后称为工程直接费。再计算其他直接费、间接费、计划利润、税金与不可预计费等，如果材料议价差需有施工单位提出封顶价包干的，也需一并列入，最后综合确定出该单位工程造价和其他经济技术指标等。

编制施工图预算通常有实物法和单价法两种编制方法。

1. 实物法编制施工图预算

实物法是按照建筑安装工程每一对象（分部分项工程）所需人工、材料、施工机械台班等计算的。即先根据施工图计算各个分项工程的工程量；然后从预算定额（手册）里查出各分项工程需要的人工、材料和施工机械台班数量（即工程量乘以各项目定额用量），加以汇总，就得出这个工程全部的人工、材料、机械台班耗用量；再各自乘以工资单价、材料预算价格和机械台班单价，其总和就是这项工程的定额直接费；再计算各种费率得出工程费用。

单位工程施工图预算直接费 = $\sum$ ［工程量×人工预算定额用量×当地当时人工单价］+ $\sum$ ［工程量×材料预算定额用量×当地当时材料单价］+ $\sum$ ［工程量×施工机械台班预算定额用量×当地当时机械台班单价］

$$(1-45)$$

这种方法适用于量价分离编制预算或人工、材料、机械因地因时发生价格变动的情况。

该方法编制后三次单价可以调整，但工程的人工、材料、机械耗用台班数量是不变的，换算比较方便。实物法编制预算所用人工、材料、机械的单价均为当时当地实际价格，编得的施工预算较准确地反映实际水平，适合市场经济特点。但因该法所用人工、材料、机械消耗需统计得到，所用实际价格需要做搜集调查，工作量较大，计算繁琐，不便于进行分项经济分析与核算工作，但用计算机及相应预算软件来计算也就方便了。因此，实物法是与市场经济体制相适应的编制施工图预算的较好方法。

实物法编制施工图预算的步骤如图 1-4 所示。

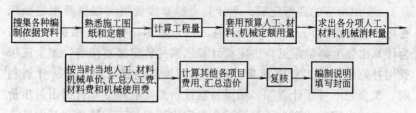

图 1-4　实物法编制施工图预算的步骤

具体步骤如下：

（1）熟悉市政工程预算定额和有关文件及资料　预算定额是编制施工图预算的主要依据。在编制时必须熟悉市政工程预算定额的有关说明、工程量计算规则以及附注说明等，才能准确地套用定额。

市政工程施工由于采用了新工艺、新材料，又必须对某些市政工程预算定额的项目进行修改、调整和补充，由政府部门下达补充文件，作为市政工程预算补充定额。

在具体应用市政工程预算定额时，应及时了解动态的市场价格信息及相应的费率，正确编制市政工程预算造价。

在编制施工图预算时还应参考有关工具书、手册和标准通用图集等资料。

（2）熟悉施工图纸、施工组织设计，了解施工现场

1）熟悉施工图纸（基本图、详图和标准图）和设计说明。

① 细致、耐心地查看图纸目录、设计总说明、总平面图、平面图、立面图、剖面图、钢筋图、详图和标准图。

② 注意图纸单位尺寸。如尺寸以毫米计，标高以米计。

③ 熟悉图纸上的各种图例、符号与代号。

④ 看图应从粗到细、从大到小。一套施工图纸是一个整体，看图时应彼此参照看、联系起来看、重点看懂关键部分。

⑤ 对施工图纸必须进行全面检查，检查施工图纸是否完整、有无错误，尺寸是否清楚完全。如果在看图或审图中发现图纸有错漏、尺寸不符、用料及做法不清等问题时，应及时与主管部门、设计单位联系解决。

2）熟悉施工组织设计：施工组织设计是施工单位根据工程特点、现场条件等拟定施工方案，保证施工技术措施在施工中很好实施。施工图预算与施工条件和所采用的施工方法有密切关系，因此在编制施工图预算以前，应熟悉施工组织设计和施工方案，了解设计意图和施工方法，明确工程全貌。

3）了解施工现场

① 了解地形和构筑物位置，核对标高。

② 了解土质构成和填挖情况、场内搬运、借土或弃土地点以便确定运距等。

③ 了解现场是否有农作物、建筑障碍物、地下管线等需迁移或保护。

④ 了解附近河道、池塘水位变化情况。

⑤ 了解水电供应和排水条件、交通运输等。

⑥ 了解周围空地，考虑搭建工棚、仓库、车间、堆物位置。

（3）计算工程量

1）施工图预算的列项：在列项时，根据施工图纸和预算定额按照工程的施工程序进行。一般项目的列项和预算定额中的项目名称完全相同，可以直接将预算定额中的项目列出；有些项目和预算定额中的项目不一致时要将定额项目进行换算；如果预算定额中没有图纸上表示的项目，必须按照有关规定补充定额项目及定额换算。在列项时，注意不要出现重复列项或漏项。

在编制市政工程施工图预算时，要了解在编制中经常遇到的一些项目。如：

① 设备安装工程中：有设备本体及与本体连体的附件、管道、润滑冷却装置的清洗、刮研、组装、调试等项目。

② 管道法兰连接包括法兰片的焊接和兰片的连接；法兰管件安装包括法兰片的焊接和兰片管件的安装。

③ 管道敷设：有管道防腐、敷设、保温、检验试验、冲洗消毒或吹扫等项目。

④ 基础设备：有地脚螺栓灌浆、设备底座与基础面之间的灌浆等项目。

2）列出工程量计算式并计算：工程量是编制预算的原始数据，也是一项工作量大又细致的工作。实际上，编制市政工程施工图预算，大部分时间是花在看图和计算工程量上，工程量的计算精确程度和快慢直接影响预算编制的质量与速度。

在预算定额说明中，对工程量计算规则作了具体规定，在编制时应严格执行。工程量计算时，必须严格按照图纸所注尺寸为依据计算，不得任意加大或缩小、任意增加或丢失。工程项目列出后，根据施工图纸按照工程量计算规则和计算顺序，分别列出简单明了的分项工程量计算式，并循着一定的计算顺序依次进行计算，做到准确无误。分项工程计量单位有 m、m²、m³ 等，这在预算定额中已注明，但在计算工程量时应该注意分清楚，以避免由于计量单位搞错而影响计算工程量的准确性。对分项单位价值较高项目的工程量计算结果除铜材（以 t 为计算单位）、木材（以 m³ 为计量单位）取三位小数外，一般项目混凝土可取小数点后两位或一位；对分项价值较低项如土方、人行道板等可取整数，工程量等计算小数点取位法见表 1-1。在计算工程量时要注意将计算所得的工程量中的计量单位（m、m²、m³ 或 kg 等）按照预算定额的计量单位（100m、100m²、100m³ 或 10m、10m²、10m³ 或 t）进行调整，使其相同。

表 1-1　工程量等计算小数点取位法

项 目 名 称	计 量 单 位	分 项 数 量	各分项合计
金额（费用）	元	整数	整数
人工（劳动力）	工日	整数	整数
钢材	t	2 位	2 位
钢材	kg	整数	整数
水泥	t	2 位	2 位
水泥	kg	整数	整数
木材（模）	m³	2 位	1 位
混凝土、水泥砂浆、沥青混凝土	m³ 或 t	2 位	1 位
砂、石料、粉煤灰	kg	1 位	整数

（续）

项 目 名 称	计 量 单 位	分 项 数 量	各分项合计
标准砖	千块	2 位	2 位
标准砖	块	整数	整数
管材,平侧石、窨井盖座	米或副	1 位	整数
人行道板	块	整数	整数
沥青	t	2 位	1
沥青	kg	整数	整数
生石灰	t	2 位	1
熟石灰	t	2 位	1
机械数量	台班	2 位	1
工程量土方、道路、排水	m^3、m^2、m	整数	整数
工程量桥梁结构工程	m^3	2 位	1
煤油、柴油	t	2 位	1
煤油、柴油	kg	整数	整数

工程量计算完毕后必须进行自我检查复核，检查其列项、单位、计算式、数据等有无遗漏或错误。如发现错误，应及时更正。

工程量计算的顺序，一般有以下几种：

① 按施工顺序计算：即按工程施工顺序先后计算工程量。

② 按顺时针方向计算：即先从图纸的右上角开始，按顺时针方向依次进行计算到左上角。

③ 按"先横后直"计算：即在图纸上按"先横后直"，从上到下，从左到右的顺序进行计算。

（4）套用预算定额计算各分项人工、材料、机械台班消耗数量　按施工图预算各分项子目名称、所用材料、施工方法等条件和定额编号，在预算定额中查出各分项工程的各种人工、材料、机械的定额用量，并填入分析表中各相应分项工程的栏内。预算分析表中的内容有：工程名称、序号、定额编号、分项工程名称、计量单位、工程量、劳动力、各种材料、各种施工机械的耗用台班数量等。

套用预算定额时，应注意分项工程名称、规格、计量单位、工程内容与定额单位估价表所列内容完全一致。如需要套用预算定额的分项，工程中没有的项目，则应编制补充预算定额。

"工料机分析"是编制单位工程劳动计划和材料机具供应计划，开展班组经济核算的基础，是下达任务和考核人工材料使用情况，进行两算对比的依据。

"工料机分析"首先把预算中各分项工程量分别乘以该分项工程预算定额用工、用料数量和机械台班数量，即可得到相应的各分项工程的人工消耗量、各种材料消耗量和各种机械台班消耗量。

$$各分项工程人工消耗量 = 该分项工程工程量 \times 相应人工时间定额 \tag{1-46}$$

$$各分项工程各种材料消耗量 = 该分项工程工程量 \times 相应材料消耗定额 \tag{1-47}$$

$$各分项工程各种机械台班消耗量 = 该分项工程工程量 \times$$
$$相应机械台班消耗定额 \tag{1-48}$$

然后按分部分项的顺序将各分部工程所需的人工、各种材料、各种机械分别进行汇总，得出该分部工程的各种人工、各种材料和各种机械的数量，最后将各分部工程进行再汇总就得出该单位工程的工种人工、各种材料和各种机械台班的总数量。

（5）计算工程费用

1）计算直接费：按当地、当时的各类人工、各种材料和各种机械台班的市场单价分别乘以相应的人工、材料、机械台班消耗数量，并汇总得出单位工程的人工费、材料费和机械使用费。

2）计算其他各项费用，汇总成工程预算总造价：市政工程施工费用由直接费、间接费、利润和税金组成。

（6）复核　　复核是单位工程施工图预算编制后，由本单位有关人员对预算进行检查核对。复核人员应查阅有关图纸和工程量计算草稿，复核完毕应予以签章。

（7）计算技术经济指标　　单位工程预算造价确定后，根据各种单位工程的特点，按规定选用不同的计算单位、计算技术经济指标。

$$技术经济指标 = \frac{单位工程预算造价}{按规定计量单位计算的工程量} \tag{1-49}$$

（8）编制说明　编制说明主要是可以补充预算表格中表达不了的而又必须说明的问题。编制说明列于封面的下一页，其内容主要是：

1）工程修建的目的。

2）施工图纸。

3）工程概况。

4）编制预算的主要依据。

5）补充定额的编制和特殊材料的补充单价依据。

6）特殊工程部位，技术处理方法。

7）计算过程中对图纸不明确之处是如何处理的。

8）建设单位供应的加工半成品的预算处理及材料议价差的计取等。

9）装订、签章。

单位工程的预算书按预算封面、编制说明、预算表、造价计算表、工料分析表、工程量计算书等内容按顺序编排装订成册。编制者应签字并盖有资格证号的章，并由有关负责人审阅、签字或盖章，最后加盖单位公章。

2. 单价法编制施工图预算

单价法是用事先编制好的分项工程的单位估价表（或综合单价表）来编制施工图预算的方法。单价法又分为工料单价法和综合单价法。

（1）工料单价法　工料单价法是以分部分项的工程量乘以相应单价为直接费。直接费以人工、材料、机械的消耗量及相应的价格确定。间接费、利润、税金按照有关规定另行计算。

$$单位工程施工图预算直接费 = \sum（工程量 \times 预算定额单价）$$

$$(1-50)$$

（2）工料单价法编制施工图预算的步骤　单价法编制施工图预算的步骤如图 1-5 所示。

具体步骤如下：

1）搜集各种编制依据资料：各种编制依据资料包括施工图纸、施工组织设计（施工方案）、现行市政工程预算定额、费用定额、统

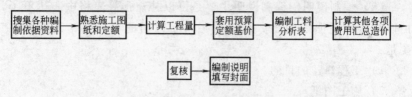

图 1-5　单价法编制施工图预算步骤

一的工程量计算规则和工程所在地区的材料、人工、机械台班预算价格与调价规定等。

2）熟悉施工图纸和定额：只有对施工图和预算定额有全面详细的了解，才能全面准确地计算出工程量，进而合理地编制出施工图预算造价。

3）计算工程量：工程量的计算在整个预算过程中是最重要、最繁重的一个环节，不仅影响预算的及时性，更重要的是影响预算造价的准确性。

计算工程量一般可按下列具体步骤进行：

① 根据施工图纸的工程内容和定额项目，列出计算工程量的分部分项工程。

② 根据一定的计算顺序和计算规则，列出计算式。

③ 根据施工图纸尺寸及有关数据，代入计算式进行数学计算。

④ 按照定额中的分部分项工程的计量单位对相应的计算结果的计量单位进行调整，使之一致。

4）套用预算定额单价：工程量计算完毕并核对无误后，用所得到的分部分项工程量套用单位估价表中相应的定额基价，相乘后相加汇总，可求出单位工程的直接费。

套用单价时需注意以下几点：

① 分项工程量的名称、规格、计量单位必须与预算定额或单位估价表所列内容一致，否则重套、错套、漏套预算基价会引起直接工程费的偏差，导致施工图预算单价偏高或偏低。

② 当施工图纸的某些设计要求与定额单价的特征不完全符合时，必须根据定额使用说明对定额基价进行调整或换算。

③ 当施工图纸的某些设计要求与定额单价的特征相差甚远，既

不能直接套用也不能换算、调整时，必须编制补充单位估价表或补充定额。

5）编制工料分析表：根据各分部分项工程的实物工程量和相应定额中的项目所列的用工工日及材料数量，计算出各分部分项工程所需的人工及材料数量，相加汇总得出该单位工程所需要的各类人工和材料的数量。

6）计算其他各项应取费用和汇总造价：按照建筑安装单位工程造价构成的规定费用项目、费率及计费基础，分别计算出间接费、利润和税金，并汇总单位工程造价。

$$单位工程造价 = 直接工程费 + 间接费 + 利润 + 税金 \qquad (1-51)$$

7）复核：单位工程预算编制后，有关人员对单位工程预算进行复核，以便及时发现差错，提高预算质量。复核时应对工程量计算公式和结果、套用定额基价、各项费用的取费费率及计算基础和计算结果、材料和人工预算价格及其价格调整等方面是否正确，进行全面复核。

8）编制说明、填写封面：单价法是目前国内编制施工图预算的主要方法，具有计算简单，工作量较小和编制速度较快，便于工程造价管理部门集中统一管理的优点。但由于是采用事先编制好的统一的单位估价表，其价格水平只能反映定额编制年份的价格水平。在市场经济价格波动较大的情况下，单价法的计算结果会偏离实际价格水平，虽然可采用调价，但调价系数和指数从测定到颁布又滞后，且计算也较繁琐。

（3）综合单价法 综合单价法是以分部分项工程量的单价为全费用单价。全费用单价综合计算完成分部分项工程所发生的直接费、间接费、利润和税金。其单位工程造价计算式为：

$$单位工程造价 = \sum（工程量 \times 综合单价） \qquad (1-52)$$

具体步骤如下：

1）收集、熟悉基础资料并了解现场。

① 熟悉工程设计施工图纸和有关现场技术资料。

② 了解施工现场情况和工程施工组织设计方案的有关要求。

2）计算工程量

① 熟悉现行市政工程预算定额的有关规定、项目划分、工程量计算规则。

② 根据现行市政工程预算定额,正确划分工程量计算项目。

③ 根据工程量计算规则及定额有关说明,正确计算分部分项工程量。

3) 套用定额:工程量计算完毕,经整理汇总,即可套用定额,从而确定分部分项工程的定额人工、材料、机械台班消耗量,进而获得分部分项工程的综合单价。定额套用应当依据有关要求、定额说明、工程量计算规则以及工程施工组织设计。这里特别要提到的是工程施工组织设计与定额套用有着密切关系,直接影响着工程造价。如:土方开挖有人工开挖、机械开挖两种方式,它们的比例即所占的比重如何;管道安装工程的管材运输距离与管道安装的位置、施工组织设置的仓库地点有关;管道安装工程的预制管件安装方式等都与定额的套用相关连。所以在套用定额前,除了通常所说的熟悉图纸、熟悉定额规定、工程招标文件以外,还应当熟悉工程施工组织设计。

根据套用定额决定是否调整换算,定额套用一般有以下几种情况:

套用情况	说　　明
直接套用	直接采用定额项目的人工、材料、机械台班消耗量,不作任何调整、换算
定额换算	当分部分项工程的工作内容与定额项目的工作内容不完全一致时,按定额规定对部分人工、材料或机械台班的定额消耗量进行调整
定额合并	当工程量清单所包括的工作内容是几个定额项目工作内容之和时,就必须将几个相关的定额项目进行合并
定额补充	随着建设工程中新技术、新材料、新工艺的不断推广应用,实际中有些分部分项工程在定额中没有相同、相近的项目可以套用,这种情况下,就需要编制补充定额

4) 确定人工、材料、机械价格及各项费用取费标准、计算综合单价及总造价。

① 使用预算软件，输入定额项目编号及工程量，进行必要的定额调整及换算。

② 汇总得出人工、材料、机械汇总表。按照省建设厅发布的人工单价、施工机械台班单价及材料市场价格信息进行填价。

③ 确定综合费、利润率、劳动保险费、规费、税金取费标准，确定特殊施工措施费。

④ 计算出各分部分项工程的综合单价及工程造价汇总表。

⑤ 打印输出各种报表。

5) 校核、修改。

6) 编写施工图预算的编制说明：用单价法编制预（概）算其优点是简化了预（概）算编制工作，减少了概预算文件，因为有分项工程单价标准，所以工程价格可以进行对比，选用结构构件可以进行经济技术分析，同时建设单位与施工单位在签订合同、进行工程决算等诸方面也就有了依据和标准。如果只需计算工程费用与主要材料就不必把所有人工、材料、机械使用台班数量全部计算出来，大大减少了编制预算的工作量。但在市场价格波动较大的情况下，用该法计算的造价可能会偏离实际，需要对价差进行调整。

实物法编制施工图预算直接利用市场价计算而单价法编制施工图预算利用的是定额预算定价，其区别是计算直接费的方法不同。

实物法是把各分项工程数量分别乘以预算定额中人工、材料及机械消耗定额，求出该工程所消耗的人工、各种材料及施工机械台班消耗数量，再乘以当时当地的人工、各种材料及施工机械台班单价，汇总得出该工程直接费。单价法是把市政工程的各分项工程量分别乘以单位估价表中相应单价，经汇总后再加上其他直接费，得出工程直接费。

目前，国内承包工程一般多采用单价法编制预算。这种方法有利于工程预算管理部门对施工图预算编制的统一管理，计算也简便。

细节：施工预算

施工预算是施工企业内部经济核算和班组承包等的依据。是施工企业在承包关系确定后，以施工图预算为基础，结合企业和工程实际情况编制的。

施工预算的主要内容：基本上和施工图预算相似，包括工程量、人工、材料与机械等，一般以单位工程（或分部工程）进行编制，由说明书及表格两部分组成。

1. 说明书

用简短文字简述以下基本内容：

1）工程性质、范围和地点。

2）对设计图纸、说明书的审查意见和现场勘察的主要资料。

3）施工部署及施工期限。

4）施工中采取的主要技术措施，如降低成本措施、施工技术措施、保安防火措施等，以及施工中可能发生的困难及处理办法。

5）工程中存在或需要解决的问题。

2. 施工预算表

为了适应施工方法的可能变动，减少计算上的重复劳动，编制施工预算一般采用表格方式进行，目前因无统一的施工定额与具体要求，因此施工预算表格的形式、内容各地区也均不一致。但其中最基本的是施工预算表及工料分析表，与施工图预算表基本相仿。

细节：施工预算的编制

1. 施工预算编制的程序

施工预算编制步骤基本上同施工图预算步骤相似，其区别是两者使用的定额不同，项目划分的粗细、工料耗用量多少有些差别。其编制步骤如下：

（1）熟悉基础资料及定额使用　编制施工预算，首先要熟悉有关的基础资料，包括全套施工图纸、说明书、施工组织设计（或施工方案）以及施工现场布置的平面图，并且要掌握施工定额的内容、使用范围、项目划分及有关规定，防止套用错误造成返工。

（2）计算工程量　工程量的计算是编制施工预算中一项最基本细致的工作，要求做到准确（不重、不漏、不错）及时，所以凡是能利用设计预算的工程量就不必再算，但工程项目、名称和单位一定要符合施工定额。工程量计算完毕，经细致核对无误后，根据施工定额内容和计量单位的要求，按分部分项工程的顺序逐项汇总，整理列项为套用施工定额提供方便。

(3) 套用施工定额　套用施工定额必须与施工图纸要求的内容相适应。分项工程名称、规格、计量单位，必须与施工定额所列的内容全部一致，否则重算、漏算、错算都会影响工程核算。在套用施工定额的过程中，对于缺项，可套用相应定额或编制补充定额，但编制补充定额，必须上报有关单位批准。

(4) 编制施工预算及工料分析表　根据工程量按照所套用的施工定额的分项名称、顺序套用定额中的单位人工材料和机械台班消耗量（无机械台班消耗定额按施工组织设计的机械台班消耗计算），然后逐一计算出各个工程项目的人工材料和机械台班的用工用料量，最后同类项工料相加予以汇总，便成为一个完整的工料分析表。

(5) 写编制说明（主要内容见上述）

2. 施工预算编制的方法

(1) 实物法　是编制施工预算目前普遍应用的方法，它是根据施工图纸和说明书按照劳动定额或施工定额规定计算工程量。汇总分析人工和材料数量，向施工班组（或队）签发施工任务单与用料单，实行班组（或队）核算，与施工图预算的实物人工和主要材料进行对比，分析超支、节约原因以利加强企业管理。

(2) 实物金额法　实物金额法编制施工预算有两种作法：一种是根据"实物法"编制的施工预算的人工和材料数量，分别乘以人工和材料单价，求得直接费的人工和材料费。实物数量用于施工班组（或队）签发施工任务单和用料单，实行班组（或队）核算直接费中的人工和材料费与施工图预算直接费中的人工和材料费相对比，分析超支节约原因以利于加强企业管理。

另一种方法是根据施工定额规定计算工程量套施工定额单价计算复价，各分项相加，求得直接费与施工图预算编制方法基本相同，所不同之处在于项目比施工图预算多，如管道安装、管件制作、安装、法兰阀门安装、燃气用设备安装、集中供热用容器具安装、管道试压、吹扫、机械台班按施工组织设计或施工方案规定计算。施工定额按分项有单价，再将施工预算的工程量套施工定额人工、材料分析人工、主要材料消耗数量，向施工班组（或队）签发施工任务单和用料单，与施工图预算，作人工和主要材料对比。

细节：竣工结算

1. 竣工结算的概念

竣工结算是工程竣工并经验收合格后，施工单位根据施工过程中实际发生的增减变更情况，按照编制施工图预算的方法与规定，对原施工图预算或工程合同造价进行相应调整，而编制的确定工程实际造价，并作为最终结算工程价款的技术经济文件，称为竣工结算。

施工图预算或工程合同是在开工前编制和签订的，工程在施工过程中由于图纸发生了一些变化（工程地质条件的变化、设计考虑不周或设计意图的改变、材料的代换等），这些变化将影响工程的最终造价。为了如实地反映竣工工程造价，单位工程竣工后必须及时办理竣工结算。

竣工结算一般由施工单位编制，经建设单位审查无误，由施工单位和建设单位共同办理竣工结算确认手续。

竣工结算由竣工结算书封面、编制说明、结算造价汇总计算表、汇总表的附件和工程竣工资料五部分内容组成。

2. 竣工结算的作用

1）竣工结算是施工单位考核工程成本，进行经济核算的依据。

2）竣工结算是施工单位总结和衡量企业管理水平的依据。

3）竣工结算是施工单位与建设单位结清工程价款的依据。

3. 竣工结算编制的依据

1）施工图预算。

2）图纸会审纪要和设计变更通知单。

3）材料代用核定单和材料预算价格变更文件。

4）施工签证单或施工记录。

5）竣工图。

6）隐蔽工程验收单、工程竣工报告和竣工验收单。

7）工程施工合同。

8）现行市政工程预算有关定额、费用调整的补充项目。

4. 竣工结算编制的方式

施工图预算加签证	这种结算方式是把经过审定的施工图预算作为工程竣工结算的依据。在施工过程中发生的由于设计变更、施工条件变更以及原指标文件和工程量清单中未包括的新增工程项目和费用,经建设单位签证后办理竣工结算价款
施工图预算加系数包干	这种结算方式是由有关单位共同商定包干范围,编制施工图预算时乘上一个不可预见的包干系数,包干系数由施工单位、建设单位等有关单位共同协商审定,经双方签证作为结算工程价款的依据
单位造价包干	这种结算方式是双方根据以往工程的概算指标等工程资料事先协商按单位造价指标包干,然后按各市政工程的基本单位指标汇计总造价,确定应付工程价款。此方式手续简便,但适用范围有一定的局限性
招标、投标	招标的标底、投标的标价均以施工图预算为基础核定,投标单位对报价进行合理浮动。中标后,招标单位与投标单位按照中标报价、承包方式、范围、工期、质量、付款及结算办法、奖惩规定等内容签订承包合同,合同确定的工程造价就是结算造价。工程造价结算时,奖惩费用、包干范围外增加的工程项目应另行计算

5. 竣工结算编制内容

1）竣工结算书封面。

2）编制说明。主要说明施工合同有关规定、有关文件和变更内容等。

3）结算造价汇总计算表。与施工图预算表相同。

4）汇总表的附表。包括:工程增减变更计算表、材料价差计算表、建设单位供料计算表等。

5）工程竣工资料。

6. 竣工结算编制的方法

方法一:在审定的施工图预算造价或合同价款总额基础上,根据原始变更资料的计算,在原预算造价基础上作出调整。

方法二:根据竣工图、原始资料、预算定额及有关规定,按施工图预算的编制方法重新计算。该方法完整性好、准确性高,适用于工程变更较大、变更项目较多的工程。结算总表见表1-2。

表1-2 市政工程公司工程结算总表

建设单位＿＿＿＿＿＿＿＿　　　　　　　　　　　　工程合同总造价

工程名称＿＿＿＿＿＿＿＿　　　　　　　　　　　　工程结算总造价

建设面积＿＿＿＿＿＿＿ m²，长度＿＿＿＿＿＿＿ m

年　月　日第　页共　页

顺序号	工程项目和费用名称	定额编号	计算单位	工程合同预算			工程竣工结算			结算与预算比较	
				数量	单价/元	总价/元	数量	单价/元	总价/元	增加/元	减少/元
建设单位			施 工 单 位								
主管：　审核：		公司主管	公司审核	公司主任		工地计算		工地计算			

7. 竣工结算的编制程序

1）收集整理结算的有关原始资料。

2）计算调整工程量。

3）套预算定额基价，计算工程竣工结算造价。

$$\begin{matrix}\text{单位工程竣工}\\\text{结算总造价}\end{matrix}=\begin{matrix}\text{原施工图}\\\text{预算直接费}\end{matrix}+\begin{matrix}\text{调增部分}\\\text{直接费}\end{matrix}-\begin{matrix}\text{调减部分}\\\text{直接费}\end{matrix}+$$

$$\begin{matrix}\text{竣工结算}\\\text{综合间接费}\end{matrix}+\text{材料价差}+\text{税金} \qquad (1\text{-}53)$$

8. 竣工结算的注意事项

1）要对施工图预算中不真实项目进行调整。

2）要计算由于政策性变化而引起的调整性费用。

3）要按实际计算大型施工机械进退场费。

4）要调整材料用量。

5）要按实际计算材料价差。

6）要确定由建设单位供应材料部分的实际供应量和预算供

应量。

7）要计算因施工条件改变而引起的费用变化。

细节：竣工决算

1. 竣工决算的概念

竣工决算是指建设工程通过施工活动与原设计图纸发生了一些变化，在工程竣工以后在施工图预算基础上按编制施工图预算的方法与规定，逐项进行调整计算而编制的预算。计算包括从开始筹建起到该建设项目投产或使用为止全过程中所支出的全部费用总和，称为竣工决算。

竣工决算包括竣工结算工程造价、设备购置费、勘测设计费、征地拆迁费和其他一切全部建设费用的总和。

竣工决算由竣工决算报告说明书、竣工决算报表、竣工工程平面示意图和工程造价比较分析等四部分组成。

竣工决算书是反映市政工程最终造价和实物数量的技术经济文件，是市政工程最终结算的依据，是竣工验收报告的重要组成部分，也是工程建设程序的最后一环。竣工决算由建设单位编制。

2. 竣工决算的作用

1）作为核定新增固定资产价值的依据。工程移交后，生产企业用以正确计算固定资产折旧费，合理计算生产成本和利润。

2）作为考核建设成本和分析投资的效果。

3）作为今后工程建设的经验积累。

4）是国家对基本建设投资实行计划管理的重要手段，是国家对基本实际"三算"对比的依据。

5）竣工决算是竣工验收的主要依据。

3. 竣工决算编制的依据

1）市政工程施工图及设计变更通知单或市政工程竣工图。

2）施工图预算书。

3）市政工程结算文件、设备购置费用结算文件、其他工程费用结算文件。

4）隐蔽工程验收记录及工程签证单。

5）编制市政工程预（决）算的文件与有关合同等。

4. 竣工决算的内容

1）竣工决算报告说明书

① 工程进度、质量、安全、运行。

② 概算执行情况分析、新增生产能力的效益分析、建设投资包干情况的分析、财务分析。

2）竣工决算报表

① 建设项目竣工工程概况表。

② 建设项目竣工财务决算表。

③ 概算执行情况编制说明。

④ 待摊投资明细表。

3）工程造价比较分析

① 主要实物工程量。

② 主要材料消耗量。

③ 考核建设单位管理费、建安工程间接费等的取费标准。

4）竣工工程平面示意图

5. 竣工决算编制的方法

在施工图预算的基础上，根据经审定的竣工结算等有关资料，对原概预算进行调整，重新核定各单项工程和单位工程造价。对属于增加资产价值的其他投资费等应分摊于受益工程，并随同受益工程交付使用的同时，一并计入新增资产价值。

6. 竣工决算编制步骤

步　　骤	说　　明
整理有关资料	把设计变更通知单按签发日期先后整理齐全,在每张通知单上注明属于哪个分部分项工程
	把工程签证单按分部工程顺序整理齐全,在签证单上注明属于哪个分部分项工程
	把隐蔽工程验收记录及交工验收记录按时间先后整理齐全
	在施工图上用红笔划出工程变更的范围
准备定额本	准备好现行《市政工程预算定额》、《市政工程费用定额》、《材料预算价格》、《施工机械台班费用定额》,以及有关资料及文件。对于这些定额本和文件要认真学习,掌握定额本的应用方法及文件精神

（续）

步　骤	说　明
增、删分部分项子目	根据工程变更的内容，列出新增分项子目名称 根据工程变更的内容，在原市政工程预算书上删去未施工的分项子目 竣工后的分项子目与原设计完全相同，则在原市政工程预算书上保留其分项子目 将新增的分项子目和保留的分项子目按定额编号顺序列出。新增分项子目应在备注栏中注明
计算工程量及查定额	按分项子目的定额编号顺序逐个计算出新增分项子目的工程量，继而从定额本上查出其人工费单价、材料费单价、机械费单价
计算直接费	将新增分项子目的工程量分别乘以人工费单价、材料费单价、机械费单价，得出该分项子目的人工费、材料费、机械费，再把这三项费相加，成为合计数 将所列各分项子目（连同保留分项子目）的人工费、材料费、机械费的合计数相加，成为直接费
计算工程造价	根据当时执行的《市政工程费用定额》查出相应各项费用的费率，计算间接费、利润、税金等 把直接费、其他直接费、现场经费、间接费、差别利润和税金相加总和即为市政工程造价
装订成册	将所有计算表式及编制说明装订成册，贴上封面，只是将封面上的"预"字改为"决"字
决算送审	市政工程决算编完后，施工单位应负责自审及复审，复审通过后送建设单位审核，审核通过后作为技术档案，市政工程的工程款结算以决算书上所列工程造价为准

细节：概、预算的审查规定

为加强财政性基本建设投资管理，规范工程预（概）、结算及竣工财务决算管理，维护国家、建设单位和施工单位合法权益，节约建设资金，提高投资效益，《中华人民共和国预算法》和财政部《关于加强基本建设财务管理若干意见的通知》等已作了明确的规定。

1）财政性基本建设投资包括与工程配套的设备订购项目。

2）财政部门是财政性基本建设投资项目工程预（概）、结算及竣工财务决算审查监督的职能部门。

3）财政性基本建设投资项目，是指经各级政府职能部门批准立项，并列入当年计划，由各类财政性基本建设资金投资或部分投资的各类基本建设项目。包括：

① 财政预算内基本建设资金，含上级和本级财力安排的基本建设资金。

② 财政预算内其他各项支出中用于基本建设项目的资金。

③ 纳入财政预算管理的专项基金中用于基本建设项目的资金。

④ 财政预算外资金中用于基本建设项目的资金。

⑤ 财政性融资建设资金。

⑥ 其他财政性基本建设资金。

4）财政性基本建设投资项目工程预（概）、结算及竣工财务决算的审查，必须严格执行国家有关方针政策、法规，做到客观、公正。

5）经审查后的财政性基本建设投资项目工程预（概）、结算文件，是计划、财政、建设等管理部门安排投资计划、划拨建设资金、办理项目财务决算和实施工程建设管理和监督的依据。

国家计委 1997 年 4 月 8 日发布《国家重点建设项目名单确定》中的第七条："审计部门要加强对国家重点建设项目的审计监督……"，也作了明确的规定。

细节：工程量清单编制

1. 工程量清单编制说明

1）工程量清单应由具有编制招标文件能力的招标人，或由其委托具有相应资质的工程造价咨询单位根据《工程量清单计价规范》及省、自治区、直辖市的规定进行编制。

2）工程量清单格式中的封面、总说明、分部分项工程量清单、措施项目清单是招标投标实行工程量清单计价必然发生的。其他项目清单、零星工作项目表应视拟建工程的具体情况，由招标人决定是否发至投标人。

3）编制工程量清单，出现"分部分项工程量清单项目计价内容"、"措施项目清单项目计价内容"、"其他项目清单项目计价内容"等表未包括的项目，编制人可作相应补充。

2. 工程量清单定义、性质、依据及作用

工程量清单计价规范以"表现拟建工程的分部分项工程项目、措施项目、其他项目名称和相应数量的明细清单"给工程量清单以定义。广义讲,工程量清单是指按统一规定进行编制和计算的拟建工程分项工程名称及相应工程数量的明细清单,是招标文件的组成部分。工程量清单计价规范对工程量清单编制作了"统一项目编码、统一项目名称、统一计量单位、统一工程量计算规则"的"四统一"规定,该规定是编制工程量清单的依据,"分项工程名称及其相应工程数量"是工程量清单应体现的核心内容,是招标文件的组成部分。它说明了清单的性质,也是招标投标活动的主要依据,是对招标人、投标人均具有约束力的文件,一经中标且签订合同,也是合同的组成部分。

工程量清单自发出至工程竣工结算,发挥着两个依据、三个基础的作用。所谓两个依据,一是编织标底的依据,二是投标报价的依据;所谓三个基础,一是投标人进行公正、公平、公开竞争的基础,二是调整工程量的基础,三是工程结算的基础。

3. 对工程量清单编制人要求

工程量清单的编制,专业性强,内容复杂,对编制人的业务技术水平要求比较高,能否编制出完整、严谨的工程量清单,直接影响招标的质量,也是招标成败的关键。因此,《工程量清单计价规范》规定了工程量清单应由具有编制招标文件能力的招标人或具有相应资质的工程造价咨询单位进行编制。"相应资质的工程造价咨询单位"是指具有工程造价咨询单位资质并按规定的业务范围承担工程造价业务的咨询单位。

4. 工程量清单格式说明

工程量清单格式是招标人发出工程量清单文件的格式。工程量清单格式应采用统一格式。其格式应由下列内容组成:

1)封面(封一、封二)。

2)填表须知。

3)总说明。

4)分部分项工程量清单。

5)措施项目清单。

6)其他项目清单。

7)零星工作项目表。

见下列式样:

工程量清单式样：

封　面

（封一）

_____工程

工 程 量 清 单

招标人：_____　（单位签字盖章）

法定代表人：_____　（签字盖章）

中介机构

法定代表人：_____　（签字盖章）

造价工程师

及注册证号_____　（签字盖执业专用章）

编制时间_____　（签字盖章）

（封二）

_____工程

工程量清单

编制单位：_____（单位签字盖章）

法定代表人：_____（签字盖章）

资质等级：_____（盖业务专用章）

造价工程师

及注册证号：_____（签字盖执业专用章）

编制人：_____（签字盖章、造价专业人员资格证书号）

编制时间：_____

填 表 须 知

1）工程量清单及其计价格式中所有要求签字、盖章的地方，必须由规定的单位和人员签字、盖章。

2）工程量清单及其计价格式中的任何内容不得随意删除或涂改。

3）工程量清单计价格式中列明的所有需要填报的单价和合价，投标人均应填报，未填报的单价和合价，视为此项费用已包含在工程量清单的其他单价和合价中。

4）金额（价格）均应以_____币表示。

总 说 明

工程名称：　　　　　　　　　　　　　　　　第　页共　页

分部分项工程量清单

工程名称：　　　　　　　　　　　　　第　页　共　页

序号	项目编码	项目名称	计量单位	工程数量

措施项目清单

工程名称：　　　　　　　　　　　　　　　第　页　共　页

序　号	项　目　名　称

其他项目清单

工程名称：

序　　号	项 目 名 称

零星工作项目表

工程名称：　　　　　　　　　　　　第 页 共 页

序　号	名　　称	计 量 单 位	数量
1	人工		
2	材料		
3	机械		

工程量清单格式应反映拟建工程的全部工程内容及为实现这些工程内容而进行的其他工作项目。总说明应包括招标人的要求及影响投标人报价相关因素等内容；分部分项工程量清单应表明拟建工程的全部分项"实体"工程名称和相应工程数量，编制时应避免错项、漏项；措施项目清单表明了为完成分项"实体"工程而必须采取的一些措施性工作项目，编制时力求符合拟建工程的实际情况；其他项目清单主要体现了招标人提出的一些与拟建工程有关的特殊费用项目，编制时应力求准确、全面。

5. 封面的填写

"封一"、"封二"由招标人按封面及规定内容填写、签字并盖章。如果工程量清单由招标人委托工程造价咨询单位编制时，"封二"由受委托的咨询单位填写、签字并盖章。"编制人"为注册造价工程师时，应填写"注册证号"。

6. 总说明的编制

总说明主要应包括下列内容：

1）报价人注意事项。

2）除分部分项工程量清单、措施项目清单、其他项目清单以外的影响工程投标报价的因素。

3）招标人自身的某些要求。

具体应按下列内容如下：

1）工程概况：建设规模、工程特征、计划工期、施工现场实际情况、交通运输情况、自然地理条件、环境保护要求等。

2）工程招标和分包范围。

3）工程量清单编制依据。

4）工程质量、材料、施工等的特殊要求。

5）招标人自行采购材料的名称、规格型号、数量等。

6）预留金、自行采购材料的金额数量。

7）其他需说明的问题。

7. 分部分项工程量清单编制

1）分部分项工程量清单是按"分部分项工程量清单项目计算内容"表进行编制的拟建工程分项"实体"工程项目及相应数量的清

单。该清单由项目编码、项目名称、计量单位和工程数量组成。编制时必须执行"四统一"的规定，不得因情况不同而变动。

2）分部分项工程量清单编制以12位阿拉伯数字表示，前9位为全国统一编码，其中1、2位为工程分类顺序码，即工程量清单计价规范所称的附录顺序码，3、4位为专业工程顺序码，5、6位为分部工程顺序码，7、8、9位为分项工程项目名称顺序码。编制分部分项工程量清单时，应按"分部分项工程量清单项目设置及其消耗量定额"表中的相应编码设置，不得变动。后3位是清单项目名称编码，由清单编制人根据清单项目设置的数量自001起顺序编制。

3）分部分项工程量清单项目名称的设置，应坚持"一个依据、两个结合"。所谓一个依据，就是分部分项工程量清单项目名称是依据"计价规范"相应项目名称确定；所谓两个结合，一是目前阶段编制工程量清单应与现行消耗量定额相结合，二是与拟建工程实际相结合，使工程量清单项目设置直观、简单。工程量清单编制时，清单项目名称应结合拟建工程的实际，按"分部分项工程量清单项目计价内容"表中的相应项目名称抄录，将拟建工程该分项工程具体特征，按要求填写在其中。

4）分部分项工程量清单计量单位应按"分部分项工程量清单项目计价内容"表中的相应计量单位确定。

5）分部分项工程量清单的工程数量应按"分部分项工程量清单项目计价内容"表中"工程数量"栏内规定的计算方法确定。各省、自治区、直辖市的现行"预算定额"，其项目是按施工工序进行划分的，包括的工程内容一般是单一的，据此规定了相应的工程量计算规则，以该工程量计算规则计算出的工程数量，一般是施工中实际发生的数量。工程量清单项目的划分，一般是以一个"综合实体"考虑的，且包括多项工程内容，据此规定了相应的工程量计算规则，以该工程量计算规则计算出的工程数量，不一定是施工中实际发生的数量。应注意两者的工程量计算规则是有区别的。

6）工程量清单编制时，出现"分部分项工程量清单项目计价内容"表缺项时，编制人可作补充。补充项目应填写在工程量清单相应分部工程项目之后，并应在"项目编码"栏中以"补"字示之。

8. 措施项目清单的编制

措施项目清单是指为完成工程项目施工，发生于该工程施工前或施工过程中的非工程实体项目和相应数量的清单，包括技术、安全、生活等方面的相关非实体项目。

市政工程措施项目应包括：

1）环境保护。

2）文明施工。

3）安全施工。

4）临时设施。

5）夜间施工。

6）二次搬运。

7）大型机械设备进出场及安拆。

8）混凝土、钢筋混凝土模板及支架。

9）脚手架。

10）已完工程及设备保护。

11）施工排水、降水。

12）围堰。

13）筑捣。

14）现场施工围栏。

15）便道。

16）便桥。

17）洞内施工的通风、供水、供气、供电、照明及通信设施。

18）驳岸块石清理。

编制措施项目清单时，应结合拟建工程实际选用。影响措施项目设置的因素很多，除工程本身因素外，还涉及水文、气象、环境、安全等，表中不可能把所有措施项目一一列出，因情况不同，出现"措施项目清单项目计价内容"表中未列的措施项目，工程量清单编制人可作补充。但分部分项工程量清单项目中已含的措施性内容，不得单独作为措施项目列项。补充项目应列在该清单项目最后，并在"序号"栏中以"补"字示之。

措施项目清单以"项"为计量单位，相应数量为"1"。

9. 其他项目清单的编制

其他项目清单是指分部分项工程项目、措施项目以外，因招标人的要求而发生的与拟建工程有关的其他费用项目和相应数量的清单。工程建设标准的高低、工程的复杂程度、工期长短、组成内容等直接影响其他项目清单项目的设置。"其他项目清单项目计价内容"表中列出两部分共 4 项，编制其他项目清单时，应结合拟建工程的实际选用，其不足部分，清单编制人可作补充，补充项目应列在清单项目最后，并以"补"字在"序号"栏中示之。

其他项目清单项目设置应包括如下内容：

（1）招标人部分

1）预留金。

2）材料购置费。

（2）投标人部分

1）总承包服务费。

2）零星工作项目费。

其他项目清单以"项"为计量单位，相应数量为"1"。

"招标人部分"是指招标人提出费用项目，并由招标人预估金额的部分。主要包括预留金、材料购置费。预留金主要考虑可能发生的工程量变更而预留的金额，此处提出的工程量变更主要指工程量清单有误引起工程量的增加和施工中的设计变更引起工程量的增加等。该项费用由招标人估算，并在发出的工程量清单"总说明"中注明估算金额。材料购置费是指招标人拟自行采购材料所需的估算金额。预估的预留金、材料购置费应在清单"总说明"中注明金额数量。

"投标人部分"是指招标人提出费用项目、数量，由投标人自主报价的部分，主要包括总承包服务费、零星工作项目费。总承包服务费是指为配合协调招标人工程分包和材料采购所需的费用，此处提出的工程分包是指国家允许分包的工程。该项费用应由投标人根据招标人发出的工程量清单"总说明"中的要求和分包情况进行计算。零星工作项目费是指完成招标人预估提出的，并与拟建工程有关的零星工作所需的费用，按零星工作项目表确定。

10. 零星工作项目表

零星工作项目表应由招标人根据自身的需要，预测列出人工、材料、机械名称及相应数量。人工按工种、材料，机械按名称、规格、型号列出。计量单位为基本计算单位。零星工作项目数量按可能发生的数量预估。

细节：工程量清单报价编制

1. 工程量清单报价说明

工程量清单报价是指投标人根据招标人发出的工程量清单的报价。实行工程量清单计价招标投标的建设工程，其招标标底、投标报价的编制、合同价款确定与调整、工程结算应执行《工程量清单计价规范》。

工程量清单报价格式应与招标文件一起发至投标人。

工程量清单报价格式中的封面、总说明、投标总价、单位工程费汇总表、分部分项工程量清单计价表、措施项目清单计价表是招标投标实行工程量清单计价必然发生的。工程项目总价表、单项工程费汇总表、其他项目清单计价表、零星工作项目计价表，视工程发包方式不同和拟建工程的具体情况不同由招标人决定是否发至投标人。

工程造价应在政府宏观调控下，由市场竞争形成。在这一原则指导下，投标人的报价应在满足招标文件要求的前提下实行人工、材料、机械台班消耗量自定，价格费用自选、全面竞争、自主报价的方式。

2. 工程量清单报价价款及综合单价组成

（1）工程量清单报价价款组成　工程量清单报价应包括按招标文件规定，完成工程量清单所列项目的全部费用，包括分部分项工程费、措施项目费、其他项目费和规费、税金，是投标人响应招标人的要求完成拟建工程的全部费用。

（2）综合单价组成　"综合单价费用组成"是工程量清单计价活动中的依据，实行综合单价是工程量清单计价的特点之一。根据我国的实际情况，"计价规范"规定，综合单价由人工费、材料费、施工机械使用费、管理费、利润组成，并考虑风险、招标人的特殊要求等而增加的费用。各分项工程的综合单价是否均能发生上述费用，应视分项工程不同而定。

所谓综合单价就是完成每分项工程每计量单位合格建筑产品所需的全部费用。"全部费用"的含义，应从如下三个方面理解。一是考虑到我国的现实情况，综合单价包括除规费、税金以外的全部费用。二是综合单价不但适用于分部分项工程量清单，也适用于措施项目清单、其他项目清单。三是综合单价包括五个方面的含义，即：完成每分项工程所含全部工程内容的费用；完成每项工程内容所需的全部费用；工程量清单项目中没有体现的，施工中又必然发生的工程内容所需的费用；因招标人的特殊要求而发生的费用；考虑风险因素而增加的费用。

综合单价不应包括招标人自行采购材料的价款，否则是重复计价。该部分价款已由招标人预估，并在清单"总说明"中注明金额，按规定，投标人在报价时，应把招标人预估的金额，记入"其他项目清单"报价款中。

3. 工程量清单报价格式

工程量清单报价格式应采用统一格式。工程量清单计价格式应随招标文件发至投标人，应由下列内容组成：

1）封面。

2）投标总价。

3）工程项目总价表。

4）单项工程费汇总表。

5）单位工程费汇总表。

6）分部分项工程量清单计价表。

7）措施项目清单计价表。

8）其他项目清单计价表。

9）零星工作项目计价表。

10）分部分项工程量清单综合单价分析表。

11）措施项目费分析表。

12）主要材料价格表。

（封面）

_____工程

工程量清单报价表

投标人：_____（单位签字盖章）

法定代表人：_____（单位签字盖章）

造价工程师

及注册证号：_____（签字盖执业专用章）

编制时间：_____

投 标 总 价

建设单位：_____

工程名称：_____

投标总价(小写)：_____

　　　　(大写)：_____

投标人：_____（单位签字盖章）

法定代表人：_____（签字盖章）

编制时间：_____

工程项目总价表

工程名称：　　　　　　　　　　　　　　　第　页　共　页

序号	单项工程名称	金额/元
	合计	

单项工程费汇总表

工程名称：   第 页 共 页

序号	单项工程名称	金额/元
	合计	

单位工程费汇总表

工程名称：   第 页 共 页

序号	项目名称	金额/元
1	分部分项工程量清单计价合计	
2	措施项目清单计价合计	
3	其他项目清单计价合计	
4	规费	
5	税金	
	合计	

分部分项工程量清单计价表

工程名称：　　　　　　　　　　　　　　　第　页　共　页

序号	项目编码	项目名称	计量单位	工程数量	金额/元	
					综合单价	合价
	本页小计					
	合计					

措施项目清单计价表

工程名称：　　　　　　　　　　　　　第　页　共　页

序号	项目名称	金额/元
	合计	

其他项目清单计价表

工程名称：　　　　　　　　　　　　　　　　第　页　共　页

序号	项目名称	金额/元
1	招标人部分	
	小计	
2	投标人部分	
	小计	
	合计	

零星工作项目计价表

工程名称：　　　　　　　　　　　　第　页　共　页

序号	名称	计量单位	数量	金额/元	
				综合单价	合 计
1	人工				
	小计				
2	材料				
	小计				
3	机械				
	小计				
	合计				

分部分项工程量清单综合单价分析表

工程名称：　　　　　　　　　　　　　　　第　页　共　页

序号	项目编码	项目名称	综合单价/元							
			工程内容		人工费	材料费	机械使用费	管理费	利润	小计
			工程名称	工程量						

措施项目费分析表

工程名称：   第 页 共 页

序号	措施项目名称	单位	数量	金额/元					小计
				人工费	材料费	机械使用费	管理费	利润	
	合计								

主要材料价格表

工程名称：　　　　　　　　　　　　　　　第　页　共　页

序号	材料编码	材料名称	规格、型号等特殊要求	单位	单价/元

4. 封面

封面。封面由投标人按规定内容填写，其中"编制人"为注册造价工程师时，应填"注册证号"。

5. 总说明

总说明主要应包括两方面的内容。一是对招标人提出的包括清单在内有关问题的说明。二是有利于自身中标等问题的说明。具体应包括下列内容：

1）工程量清单报价文件包括的内容。

2）工程量清单报价编制依据。

3）工程质量、工期。

4）优惠条件的说明。

5）优越于招标文件中技术标准的备选方案的说明。

6）对招标文件中的某些问题有异议时的说明。

7）其他需要说明的问题。

6. 投标总价

1）应按规定的内容填写、签字和盖章。

2）表中的投标总价应按工程项目总价表的合计金额填写。

7. 工程项目总价表

1）表中单项工程名称应按单项工程费汇总表的工程名称填写。

2）表中金额应按单项工程费汇总表的合计金额填写。

8. 单项工程费汇总表

1）表中单位工程名称应按单位工程费汇总表的工程名称填写。

2）表中金额应按单位工程费汇总表的合计金额填写。

9. 单位工程费汇总表

表中的金额应分别按照分部分项工程量清单计价表、措施项目清单计价表和其他项目清单计价表的合计金额和按有关规定计算的规费、税金填写。

10. 分部分项工程量清单计价表

分部分项工程量清单报价应注意以下两点：一是分部分项工程量清单计价表的项目编码、项目名称、计量单位、工程数量必须按分部分项工程量清单的相应内容填写，不得增加、减少或修改。二是分部分项工程量清单报价，其核心是综合单价的确定。综合单价的计算一般应按下列顺序进行。

（1）确定工程内容　根据工程量清单项目名称，结合拟建工程的实际，参照"分部分项工程量清单项目计价内容"表中的"计价内容"，确定该项目主体工程内容及相关的工程内容。

（2）计算工程数量　按工程量计算规则（与现行定额相配套的）计算清单项目所包含的每项工程内容的工程数量。

（3）计算含量　分别计算清单项目的每计量单位工程数量，应包含的某项工程内容的工程数量。

$$（3）=（2）/相应清单项目工程数量$$

（4）选择定额　根据（1）确定的工程及计算内容，参照"分部分项工程量清单项目计价内容"表，查阅各省、市定额编号，分别选定定额，确定人工、材料、机械台班消耗量。

（5）选择单价　应根据《工程量清单计价应用指南》规定的费用组成，参照其计算方法，或参照工程造价主管部门发布的人工、材料、机械台班信息价格，确定相应单价。

（6）计算人、材、机价款

$$（6）=\sum[（4）×（5）]×（3）$$

（7）清单项目人、材、机价款

计算清单项目每计量单位人工、材料、机械台班价款。

$$（7）=\sum（6）$$

（8）选定费率

应根据《工程量清单计价应用指南》规定的费用项目组成，参照其计算方法，或参照工程造价主管部门发布的相关费率，结合本企业和市场的情况，确定管理费率、利润率。

（9）计算综合单价

市政与园林绿化工程

$$（9）=（7）+（7）中（人工费+施工机械使用费）×（管理费率+利润率）$$

综合单价不应包括招标人自行采购材料的价款。

11. 措施项目清单计价表

措施项目清单计价表中的序号、项目名称必须按措施项目清单的相应内容填写，不得减少、修改，但根据拟建工程的实际，可增加措施项目并报价。其金额的计算可以选用以下两种办法之一。

1) 当以定额计价方法报价时，一般应按下列顺序进行：

① 应根据措施项目清单和拟建工程的施工组织设计，确定措施项目。

② 确定该措施项目所包含的工程内容。

③ 按工程量计算规则（与现行定额相配套的）计算清单项目所包含的每项工程内容的工程数量。

④ 根据②确定的工程内容，参照"措施项目计价内容"表，查阅各省、市定额编号，分别选定定额，确定人工、材料、机械台班消耗量。

⑤ 应根据《工程量清单计价应用指南》规定的费用组成，参照其计算方法，或参照工程造价主管部门发布的信息价格，确定相应单价。

⑥ 计算措施项目所含某项工程内容的人工、材料、机械台班的价款。

$$(6) = \sum [(4) \times (5)] \times (3)$$

⑦ 措施项目人工、材料、机械台班价款。

$$(7) = \sum (6)$$

⑧ 应根据《工程量清单计价应用指南》规定的费用项目组成，参照其计算方法，或参照工程造价主管部门发布的相关费率，结合本企业和市场的情况，确定管理费率、利润率。

⑨ 计算金额。

市政与园林绿化工程

$$(9) = (7) + (7) 中（人工费 + 施工机械使用费）\times（管理费率 + 利润率）$$

2) 当以工程造价管理机构发布的费率计算时，措施项目费（包括人工、材料、机械台班和管理费、利润）计算如下：

市政与园林绿化工程

措施项目费 = 分部分项工程费的人工费 × 相应措施项目费率

12. 其他项目清单计价表

其他项目清单计价表中的序号、项目名称应按其他项目清单中的相应内容填写，不得增加、减少、修改。

其他项目清单报价是比较简单的，应按"其他项目清单项目工程及计价内容"表的要求报价。

1）"招标人部分"的金额应按招标人在"总说明"中提出的金额填写（包括除规费、税金以外的全部费用）。

2）"投标人部分"的总承包服务费，由投标人根据提供的服务所需的费用填写（包括除规费、税金以外的全部费用）。零星工作项目费按"零星工作项目计价表"的合计金额填写。

3）零星工作项目报价

零星工作项目计价表中的序号、名称、计量单位、数量应按零星工作项目表的相应内容填写，不得增加、减少、修改。

零星工作项目计价表的综合单价，投标人应在招标人预测名称及预估相应数量的基础上，考虑零星工作特点进行确定。工程竣工后零星工作费应按实际完成的工程量所需费用结算。

13. 分部分项工程量清单综合单价分析表

分部分项工程量清单综合单价分析表和措施项目费分析表，应由招标人根据需要提出要求后填写。

14. 主要材料价格表

1）招标人提供的主要材料价格表应包括详细的材料编码、材料名称、规格型号和计量单位等。

2）所填写的单价必须与工程量清单计价中采用的相应材料的单价一致。

15. 报价款的组成

报价款包括分部分项工程量清单报价款、措施项目清单报价款、其他项目清单报价款、规费、税金等，是投标人响应招标人的要求完成拟建工程的全部费用。具体计算如下：

1）分部分项工程量清单报价款。

2）措施项目清单报价款。

3）其他项目清单报价款。

4）规费 =［1）+2）+3）］×规费率。

5）税金 =［1）+2）+3）+4）］×税金率。

报价价款 = 1）+2）+3）+4）+5）

细节：工程量清单及其报价格式的示例

【背景】

某单位新建一集中供热工程，采用工程量清单计价的方法招标。招标人委托工程造价咨询单位按《工程量清单计价应用指南》编制的工程量清单及报价格式如下（假定数字）。

【编制】

1. 工程量清单格式

集中供热工程

工程量清单编制按下列顺序进行：

（1）封面

（2）总说明

（3）分部分项工程量清单

以集中供热工程为例。

查施工设计图纸，该工程的地下采暖钢管安装为 DN20 钢管。

查《建设工程工程量清单计价规范》中"给排水、采暖、燃气工程"，其中分项工程"钢管"：

项目编码为 030801002，由此，其清单项目编码为 030801002001，将该编码填入"分部分项工程量清单"的相应栏目内，再将该项目的具体特征"输送介质为热水，管材材质为焊接钢管，规格 DN20，连接方式：螺纹连接"，填写在相应位置上，形成的清单项目名称为：（1）输送介质：热水；（2）管材材质：焊接铁管；（3）规格：DN20；（4）接口形式：螺纹连接。

计量单位为 m，照此填入清单的相应栏目内。

工程数量，按分项工程"钢管"中"工程量清单计算规则"栏内的工程量计算方法计算，将计算结果填入清单的相应栏目内，至此，钢管的分部分项工程量清单项目编制完成。见"分部分项工程量清单"。

其他分部分项工程量清单项目的编制，可参照上述方法进行。

（4）措施项目清单　根据工程的实际情况，招标人决定不发出"其他项目清单"和"零星工作项目表"及价格分析表。

2. 工程量清单报价格式

（1）招标人决定的格式　招标人根据上述工程的情况和发出的工程量清单，决定随招标文件发至投标人的工程量清单报价格式如下：

1）封面。

2）总说明。

3）投标总价（因该工程项目仅为一个单位工程，招标人决定不发出"工程项目总价表"和"单项工程费汇总表"）。

4）市政工程：单位工程费汇总表、分部分项工程量清单计价表、措施项目清单计价表。

招标人决定不发出"其他项目清单计价表"、"零星工作项目计价表"和所有价格分析表。

（2）投标人的投标报价格式

1）封面。

2）总说明。

3）投标总价：因招标人没有发出"工程项目总价表"和"单项工程费汇总表"，所以表中的投标总价应按"单位工程费汇总表"中的合计金额填写。

4）市政工程：

① 单位工程费汇总表。

② 分部分项工程量清单计价表。

③ 措施项目清单计价表。

根据招标人的决定，投标人将不编制"其他项目清单计价表"、"零星工作项目计价表"及所有的价格分析表。

编制完成的市政工程工程量清单和编制完成的市政工程的工程量清单报价表如下所示。

3. 工程量清单及报价格式应用

（封一）

____某集中供热____工程

工 程 量 清 单

投标人：____某 单 位____（单位签字盖章）

法定代表人：____陈××____（签字盖章）

造价工程师

及注册证号：____刘××____（签字盖执业专用章）

编制时间：____2006 年 7 月 8 日____

（封二）

　　　　　　　　　　___某集中供热___　工程

工 程 量 清 单

编制单位：＿＿＿＿＿＿某咨询公司＿＿＿＿＿＿（单位签字盖章）

法定代表人：＿＿＿＿＿陈××＿＿＿＿＿（签字盖章）

资质等级：＿＿＿＿＿甲级＿＿＿＿＿（盖业务专用章）

造价工程师
及注册证号：＿＿＿＿＿孟××＿＿＿＿＿（签字盖执业专用章）

编制人：＿＿＿＿＿罗××＿＿＿＿＿（签字盖章、造价专
　　　　　　　　　　　　　　　　　业人员资格证书号）

编制时间：＿＿＿＿＿2006.7.8＿＿＿＿＿

总 说 明

工程名称：某集中供热工程　　　　　　　　　　第 1 页共 3 页

1. 报价人须知

（1）应按工程量清单报价格式规定的内容进行编制、填写、签字、盖章。

（2）工程量清单及其报价格式中的任何内容不得随意删除或修改。

（3）工程量清单报价格式中所有需要填报的单价和合价，投标人均应填报，未填报的单价和合价视为此项费用已包含在工程量清单的其他单价或合价中。

（4）金额（价格）均应以人民币表示。

2. 该工程施工中注意防噪音。工程施工工期要求在 2 个月以内。

3. 工程招标范围：市政工程。

4. 清单编制依据：按建设工程工程量清单计价规范、施工设计图纸及施工现场情况等。

5. 工程质量：优良标准。

6. 投标报价文件应提供一式五份。

分部分项工程量清单

工程名称：某集中供热工程　　　　　　　　　第2页共3页

序号	项目编码	项目名称	计量单位	工程数量
1	030801002006	供热室内焊接钢管丝接 *DN20* 管件、套管安装、管道水压试验 管道除锈、刷防锈漆、银粉各两道	m	76.94
2	030801002007	供热室内焊接钢管丝接 *DN15* 管件、套管安装、管道水压试验 管道除锈、刷防锈漆、银粉各两道	m	148.30
		（其他略）		

措施项目清单

工程名称：某集中供热工程　　　　　　　第3页共3页

序号	项 目 名 称
1	临时设施费
2	脚手架

　　　　　　　　　某集中供热　　　　工程

工程量清单报价表

投标人：　　　　某建筑安装工程公司　　　　（单位签字盖章）

法定代表人：　　　　徐××　　　　（签字盖章）

造价工程师

及注册证号：　　　　赵××　　　　（签字盖执业专用章）

编制人：　　　孙××　　　　（签字盖章、造价专业人员资格证书号）

编制时间：　　　　2006 年 8 月 8 日

总 说 明

工程名称：某集中供热工程　　　　　　　　第 页 共 页

　　1. 该报价文件，按招标人的要求包括市政工程（集中供热工程）。

　　2. 该报价文件是依据"建设工程工程量清单计价规范"和施工设计图纸、招标文件，并结合本企业实际情况进行编制的。

　　3. 工程质量、施工工期达到招标人要求，力争提高、超前。

　　4. 如能中标，将不收取全部零星工作项目费、总承包服务费。

　　5.（以下略）

投 标 总 价

建设单位：＿＿＿＿＿＿某单位＿＿＿＿＿＿

工程名称：＿＿＿＿＿某集中供热工程＿＿＿＿＿

投标总价(小写)：＿＿＿＿112300.00（元）＿＿＿＿

（大写）：＿＿＿＿壹拾壹万贰仟叁佰元＿＿＿＿

投标人：＿＿＿＿某建筑安装工程公司＿＿＿＿（单位签字盖章）

法定代表人：＿＿＿＿徐××＿＿＿＿（签字盖章）

编制时间：＿＿＿＿2006.8.8＿＿＿＿

单位工程费汇总表

工程名称：某集中供热工程　　　　　　　　第 1 页共 3 页

序号	项目名称	金额/元
1	分部分项工程量清单计价合计	74000.00
2	措施项目清单计价合计	30000.00
3	规费	5200.00
4	税金	3100.00
	合计	112300.00

分部分项工程量清单计价表

工程名称：某集中供热工程   第 2 页共 3 页

序号	项目编码	项目名称	计量单位	工程数量	金额/元	
					综合单价	合价

1	030801002006	供热室内焊接钢管丝接 DN20
		  管件、套管安装、管道水压试验
		  管道除锈、刷防锈漆、银粉各两道
			m	76.94	16.85	1296

2	030801002007	供热室内焊接钢管丝接 DN15
		  管件、套管安装、管道水压试验
		  管道除锈、刷防锈漆、银粉各两道
			m	148.30	14.19	2104

		（其他略）				
		本页小计				19013.64
		合计				74000.00

措施项目清单计价表

工程名称：某集中供热工程 　　　　　　　　第 3 页共 3 页

序号	项目名称	金额/元
1	临时设施费	20000.00
2	脚手架	10000.00
	合计	30000.00

细节：市政工程招标

市政工程包括道路、桥梁、隧道、给水、排水、燃气、供热、路灯等的土建、管道、设备安装工程。

市政工程的施工单项合同估算价在 200 万元人民币以上，或者项目总投资在 3000 万元人民币以上的，必须进行招标。

市政工程施工招标应具备下列条件：

1）按照国家有关规定需要履行项目审批手续的，已经履行审批手续。

2）工程资金或者资金来源已经落实。

3）已满足施工招标需要的设计文件及其他技术资料。

4）法律、法规、规章规定的其他条件。

市政工程施工招标由招标人依法组织实施。招标人是依照《中华人民共和国招标投标法》规定提出招标项目、进行招标的法人或者其他组织。

市政工程施工招标分为公开招标和邀请招标。依法必须进行施工招标的工程，全部使用国有资金投资或者国有资金投资占控股或主导地位的，应当公开招标，但经国家计委或者省、自治区、直辖市人民政府依法批准可以进行邀请招标的重点建设项目除外；其他工程可以实行邀请招标。

依法必须进行施工公开招标的工程项目，应当在国家或者地方指定的报刊、信息网络或者其他媒介上发布招标公告，并同时在中国工程建设和建筑业信息网上发布招标公告。招标人采用邀请招标方式的，应当向 3 个以上符合资质条件的施工企业发出投标邀请书。

依法必须进行施工招标的工程，招标人自行办理施工招标事宜的，应当具有编制招标文件和组织评标能力，其中包括：

1）有专门的施工招标组织机构。

2）有与工程规模、复杂程度相适应并具有同类工程施工招标经验、熟悉有关工程施工招标法律法规的工程技术、概预算及工程管理的专业人员。

不具备上述条件的，招标人应当委托具有相应资格的工程招标代理机构代理施工招标。

招标人应当根据招标工程的特点和需要，自行或者委托工程招标代理机构编制招标文件。招标文件应当包括下列内容：

1）投标须知：包括工程概况，招标范围，资格审查条件，工程资金来源或者落实情况，标段划分，工期要求，质量标准，现场踏勘和答疑安排，投标文件编制、提交、修改、撤回的要求，投标报价要求，投标有效期，开标的时间和地点，评标的方法和标准等。

2）招标工程的技术要求和设计文件。

3）采用工程量清单招标的，应当提供工程量清单。

4）投标函的格式及附录。

5）拟签订合同的主要条款。

6）要求投标人提交的其他材料。

招标人可以根据招标工程的需要，对投标申请人进行资格预审，也可以委托工程招标代理机构对投标申请人进行资格预审。实行资格预审的招标工程，招标人应当在招标公告或者投标邀请书中载明资格预审的条件和获得资格预审文件的办法。经资格预审后，招标人应当向资格预审合格的投标申请人发出资格预审合格通知书，告知获取招标文件的时间、地点和方法，并同时向资格预审不合格的投标申请人告知资格预审结果。

招标人没有标底的，应当依据国家规定的工程量计算规则及招标文件规定的计价方法和要求编制标底，一个招标工程只能编制一个标底。标底在开标前应保密。

依法必须进行施工招标的工程，招标人应当在招标文件发出的同时，将招标文件报工程所在地的县级以上人民政府建设行政主管部门备案。

招标人对已发出的招标文件进行必要的澄清或者修改的，应当在招标文件要求提交投标文件截止时间至少 15 日前，以书面形式通知所有招标文件接受人，并同时报工程所在地的县级以上地方人民政府建设行政主管部门备案。该澄清或者修改的内容为招标文件的组成部分。

细节：市政工程投标

施工招标的投标人是响应施工招标、参与投标竞争的施工企业。

投标人应当具备相应的施工企业资质，并在工程业绩、技术能力、项目经理资格条件、财务状况等方面满足招标文件提出的要求。

投标人应当按照招标文件的要求编制投标文件。投标文件应当包括以下内容：

1）投标函。

2）施工组织设计或者施工方案。

3）投标报价。

4）招标文件要求提供的其他材料。

投标人应当在招标文件要求提交投标文件的截止时间前，将投标文件密封送达投标地点。招标人收到投标文件后，应当向投标人发出标明签收人和签收时间的凭证，并妥善保存投标文件。在开标前，任何单位和个人均不得开启投标文件。提交投标文件的投标人少于3个的，招标人应当依法重新招标。

投标人在招标文件要求提交投标文件的截止时间前，可以补充、修改或撤回已提交的投标文件。补充、修改的内容为投标文件的组成部分，并应在提交投标文件的截止时间前送达、签收和保管。

投标人不得相互串通投标，不得排挤其他投标人的公平竞争，损害招标人或者其他投标人的合法权益。

投标人不得与招标人串通投标，损害国家利益、社会公共利益或者他人的合法权益。

投标人不得以低于其企业成本的报价竞标，不得以他人名义投标或者以其他方式弄虚作假骗取中标。

禁止投标人向招标人或者评标委员会成员行贿的手段谋取中标。

细节：市政工程开标

开标应当在招标文件确定的提交投标文件截止时间的同一时间公

开进行；开标地点应当为招标文件中预先确定的地点。

开标由招标人主持，邀请所有投标人参加。

开标，由投标人或者其推选代表检查投标文件的密封情况，也可以由招标人委托的公证机构进行检查并公证。经确认无误后，由有关工作人员当众拆封，宣读投标人名称、投标价格和投标文件的其他主要内容。招标人在招标文件要求提交投标文件的截止时间前收到的所有投标文件，开标时都应当当众予以拆封、宣读。

在开标时，投标文件出现下列情况之一的，应当作为无效投标文件，不得进入评标：

1）投标文件未按照招标文件的要求予以密封的。

2）投标文件中的投标函未加盖投标人的企业及企业法定代表人印章的，或者企业法定代表委托代理人没有合法、有效的委托书（原件）及委托代理人印章的。

3）投标文件的关键内容字迹模糊、无法辨认的。

4）投标人未照招标文件的要求提供投标保函或者投标保证金的。

5）组成联合体投标的，投标文件未附联合体各方共同投标协议的。

细节：市政工程评标

评标由招标人依法组建的评标委员会负责。

评标委员会由招标人的代表和有关技术、经济等方面的专家组成，成员人数为 5 人以上单数，其中招标人、招标代理机构以外的技术、经济方面专家不得少于成员总数的 2/3。与投标人有利害关系的人不得进入相关工程的评标委员会。评标委员会成员的名单在中标结果确定前应当保密。

评标委员会应当按照招标文件确定的评标标准和方法，对投标文件进行评审和比较，并对评标结果签字确认；设有标底的，应当参考标底。

评标可以采用综合评估法、经评审的最低投标价法或者法律法规允许的其他评标方法。

评标委员会可以用书面形式要求投标人对投标文件中含义不明确的内容作必要的澄清或者说明。投标人应当采用书面形式进行澄清或者说明。其澄清或者说明不得超出投标文件的范围或者改变投标文件的实质性内容。

评标委员会经评审，认为所有投标文件都不符合招标文件要求的，可以否决所有投标。依法必须进行施工招标工程的所有投标被否决的，招标人应当依法重新招标。

评标委员会完成评标后，应当向招标人提出书面评标报告，阐明评标委员会对各投标文件的评审和比较意见，并按照招标文件规定的评标方法，推荐不超过3名有排序的合格的中标候选人。招标人根据评审委员会提出的书面评标报告和推荐的中标候选人。

使用国有资金投资或者国家融资的工程项目，招标人应当按照中标候选人的排序确定中标人。当确定中标的中标候选人放弃中标或者因不可抗力提出不能履行合同的，招标人可以依序确定其他中标候选人为中标人。

招标人也可以授权评标委员会直接确定中标人。

招标人应当在投标有效期截止时限30日前确定中标人。

依法必须进行施工招标的工程，招标人应当自确定中标人之日起15日内，向工程所在地的县级以上地方人民政府建设行政主管部门提交施工招标投标书面报告。建设行政主管部门自收到书面报告之日起5日内未通知招标人在招标投标活动中有违法行为的，招标人可以向中标人发出中标通知书，并将中标结果通知所有未中标的投标人。

细节：市政工程中标

招标人和中标人应当自中标通知书发出之日起30日内，按照招标文件和中标人的投标文件订立书面合同，订立书面合同后7日内，中标人应当将合同送工程所在地的县级以上地方人民政府建设行政主管部门备案。

中标人不与招标人订立合同的，投标保证金不予退还并取消其中标资格，给招标人造成的损失超过投标保证金数额的，应当对超过部分予以赔偿；没有提交投标保证金的，应当对招标人的损失承担赔偿责任。

招标人无正当理由不与中标人签订合同，给中标人造成损失的，招标人应当给予赔偿。

招标文件要求中标人提交履约担保的，中标人应当提交。招标人应当同时向中标人提供工程款支付担保。

细节：建设工程施工合同

市政工程属于建设工程，市政工程施工合同样本可采用建设工程施工合同样本。

建设工程施工合同样本由中华人民共和国国家工商行政管理局制定。现行建设工程施工合同样本编号为 GF-1999-0201。

建设工程施工合同样本分为：第一部分协议书；第二部分通用条款；第三部分专用条款。

1. 协议书

协议书的内容包括：发包人、承包人的全标；工程概况；工程承包范围；合同工期；质量标准；合同价款；组成合同的文件；有关词语含义；约定施工、竣工；约定付款；合同生效等。协议书全文如下，空白处应填写。

第一部分 协 议 书

发包人（全称）：＿＿＿＿＿＿＿＿＿＿＿＿＿＿＿

承包人（全称）：＿＿＿＿＿＿＿＿＿＿＿＿＿＿＿

依照《中华人民共和国合同法》、《中华人民共和国建筑法》及其他有关法律、行政法规、遵循平等、自愿、公平和诚实信用的原则，双方就本建设工程施工事项协商一致，订立本合同。

一、工程概况

工程名称：＿＿＿＿＿＿＿＿＿＿＿＿＿＿＿＿＿＿

工程地点：＿＿＿＿＿＿＿＿＿＿＿＿＿＿＿＿＿＿

工程内容：_____

_____

群体工程应附承包人承揽工程项目一览表

工程立项批准文号：_____

资金来源：_____

二、工程承包范围

承包范围：_____

_____

_____

_____

三、合同工期

开工日期：_____

竣工日期：_____

合同工期总日历天数_____天。

四、质量标准

工程质量标准：_____

五、合同价款

金额（大写）：_____元（人民币）

¥ :_____元

六、组成合同的文件

组成合同的文件包括：

1. 本合同协议书

2. 中标通知书

3. 投标书及其附件

4. 本合同专用条款

5. 本合同通用条款

6. 标准、规范及有关技术文件

7. 图纸

8. 工程量清单

9. 工程报价单或预算书

双方有关工程的洽商、变更等书面协议或文件视为本合同的组成部分。

七、本协议书中有关词语含义与本合同第二部分《通用条款》中分别赋予它们的定义相同。

八、承包人向发包人承诺按照合同约定进行施工、竣工并在质量保修期内承担工程质量保修责任。

九、发包人向承包人承诺按照合同约定的期限和方式支付合同价款及其他应当支付的款项。

十、合同生效

合同订立时间：_____年_____月_____日

合同订立地点：_____

本合同双方约定_____后生效。

发包人：（公章）   承包人（公章）

住　　　所：   住　　　所：

法 定 代 表 人：   法 定 代 表 人：

委 托 代 理 人：   委 托 代 理 人：

电　　　话：   电　　　话：

传　　　真：   传　　　真：

开 户 银 行：   开 户 银 行：

账　　　号：   账　　　号：

邮 政 编 码：   邮 政 编 码：

2. 通用条款

通用条款是根据法律、行政法规规定及建设工程施工的需要订立，通用于建设工程施工的条款。

通用条款的内容包括以下几个方面：

（1）词语定义及合同文件

1）词语定义。

2）合同文件及解释顺序。

3）语言文字和适用法律、标准及规范。

4）图纸。

（2）双方一般权利和义务

1）工程师。

2）工程师的委派和指令。

3）项目经理。

4）发包人工作。

5）承包人工作。

（3）施工组织设计和工期

1）进度计划。

2）开工及延期开工。

3）暂停施工。

4）工期延误。

5）工程竣工。

（4）质量与检验

1）工程质量。

2）检查和返工。

3）隐蔽工程和中间验收。

4）重新检验。

5）工程试车。

（5）安全施工

1）安全施工与检查。

2）安全防护。

3）事故处理。

（6）合同价款与支付

1）合同价款及调整。

2）工程预付款。

3）工程量的确认。

4）工程款（进度款）支付。

（7）材料设备供应

1）发包人供应材料设备。

2）承包人采购材料设备。

（8）工程变更

1）工程设计变更。

2）其他变更。

3）确定变更价款。

（9）竣工验收与结算

1）竣工验收。

2）竣工结算。

3）质量保修。

（10）违约、索赔和争议

1）违约。

2）索赔。

3）争议。

（11）其他

1）工程分包。

2）不可抗力。

3）保险。

4）担保。

5）专利技术及特殊工艺。

6）文物和地下障碍物。

7）合同解除。

8）合同生效与终止。

9）合同份数。

10）补充条款。

通用条款原文长，本书省略，原文可见中华人民共和国建设部、国家工商行政管理局制定的《建设工程施工合同》（GF-1999-0201）。

3. 专用条款

专用条款是发包人与承包人根据法律、行政法规规定，结合具体工程实际，经协商达成一致意见的条款，是对通用条款的具体化、补充或修改。

专用条款的内容包括：词语定义及合同文件；双方一般权利和义务；施工组织设计和工期；质量与验收；安全施工；合同价款与支付；材料设备供应；工程变更；竣工验收与结算；违约、索赔和争议；其他等。

专用条款全文如下。专用条款中空白处由发包人与承包人协商共同填写。

第二部分　专 用 条 款

一、词语定义及合同文件

2. 合同文件及解释顺序

合同文件组成及解释顺序：＿＿＿＿＿＿＿＿＿＿＿＿

＿＿＿＿＿＿＿＿＿＿＿＿＿＿＿＿＿＿＿＿＿＿＿＿＿＿＿＿

3. 语言文字和适用法律、标准及规范

3.1　本合同除使用汉语外，还使用＿＿＿＿＿＿语言文字。

3.2　适用法律和法规

需要明示的法律、行政法规：＿＿＿＿＿＿＿＿＿＿＿＿

＿＿＿＿＿＿＿＿＿＿＿＿＿＿＿＿＿＿＿＿＿＿＿＿＿＿＿＿

3.3　适用标准、规范

适用标准、规范的名称：＿＿＿＿＿＿＿＿＿＿＿＿＿＿

＿＿＿＿＿＿＿＿＿＿＿＿＿＿＿＿＿＿＿＿＿＿＿＿＿＿＿＿

发包人提供标准、规范的时间：＿＿＿＿＿＿＿＿＿＿＿＿

国内没有相应标准、规范时的约定：＿＿＿＿＿＿＿＿＿＿

＿＿＿＿＿＿＿＿＿＿＿＿＿＿＿＿＿＿＿＿＿＿＿＿＿＿＿＿

4. 图纸

4.1 发包人向承包人提供图纸日期和套数：_____

_____

发包人对图纸的保密要求：_____

使用国外图纸的要求及费用承担：_____

_____

二、双方一般权利和义务

5. 工程师

5.2 监理单位委派的工程师

姓名：_____职务：_____

发包人委托的职权：_____

_____

需要取得发包人批准才能行使的职权：_____

_____

5.3 发包人派驻的工程师

姓名：_____职务：_____

职权：_____

_____

5.6 不实行监理的、工程师的职权：_____

_____

7. 项目经理

姓名：_____职务：_____

8. 发包人工作

8.1 发包人应按约定的时间和要求完成以下工作：

（1）施工场地具备施工条件的要求及完成的时间：_____

_____

（2）将施工所需的水、电、电信线路接至施工场地的时间、地点和供应要求：_____

_____

（3）施工场地与公共道路开通时间和要求：_____

_____

（4）工程地质和地下管线资料的提供时间：＿＿＿＿＿＿＿＿＿

＿＿＿＿＿＿＿＿＿＿＿＿＿＿＿＿＿＿＿＿＿＿＿＿＿＿＿＿＿＿

（5）由发包人办理的施工所需证件、批件的名称和完成时间：

＿＿＿＿＿＿＿＿＿＿＿＿＿＿＿＿＿＿＿＿＿＿＿＿＿＿＿＿＿＿

（6）水准点与坐标控制点交验要求：

＿＿＿＿＿＿＿＿＿＿＿＿＿＿＿＿＿＿＿＿＿＿＿＿＿＿＿＿＿＿

（7）图纸会审和设计交底时间：＿＿＿＿＿＿＿＿＿＿＿＿＿＿＿

＿＿＿＿＿＿＿＿＿＿＿＿＿＿＿＿＿＿＿＿＿＿＿＿＿＿＿＿＿＿

（8）协调处理施工场地周围地下管线和邻近建筑物、构筑物
（含文物保护建筑）、古树名木的保护工作：＿＿＿＿＿＿＿＿＿＿

＿＿＿＿＿＿＿＿＿＿＿＿＿＿＿＿＿＿＿＿＿＿＿＿＿＿＿＿＿＿

（9）双方约定发包人应做的其他工作：＿＿＿＿＿＿＿＿＿＿＿＿

＿＿＿＿＿＿＿＿＿＿＿＿＿＿＿＿＿＿＿＿＿＿＿＿＿＿＿＿＿＿

8.2　发包人委托承包人办理的工作：＿＿＿＿＿＿＿＿＿＿＿＿＿

＿＿＿＿＿＿＿＿＿＿＿＿＿＿＿＿＿＿＿＿＿＿＿＿＿＿＿＿＿＿

9. 承包人工作

9.1　承包人应按约定时间和要求，完成以下工作：

（1）需由设计资质等级和业务范围允许的承包人完成的设计文
件提交时间：＿＿＿＿＿＿＿＿＿＿＿＿＿＿＿＿＿＿＿＿＿＿＿＿

＿＿＿＿＿＿＿＿＿＿＿＿＿＿＿＿＿＿＿＿＿＿＿＿＿＿＿＿＿＿

（2）应提供计划、报表的时间及完成时间：＿＿＿＿＿＿＿＿＿

＿＿＿＿＿＿＿＿＿＿＿＿＿＿＿＿＿＿＿＿＿＿＿＿＿＿＿＿＿＿

（3）承担施工安全保卫工作及非夜间施工照明的责任和要求：

＿＿＿＿＿＿＿＿＿＿＿＿＿＿＿＿＿＿＿＿＿＿＿＿＿＿＿＿＿＿

(4) 向发包人提供的办公和生活房屋及设施的要求：

(5) 需承包人办理的有关施工场地交通、环卫和施工噪声管理等手续：

(6) 已完工程成品保护的特殊要求及费用承担：

(7) 施工场地周围地下管线和邻近建筑物、构筑物（含文物保护建筑）、古树名木的保护要求及费用承担：_____

(8) 施工场地清洁卫生的要求：_____

(9) 双方约定承包人应做的其他工作：_____

三、施工组织设计和工期

10. 进度计划

10.1 承包人提供施工组织设计（施工方案）和进度计划的时间：

工程师确认的时间：_____

10.2 群体工程中有关进度计划的要求：

13. 工期延误

13.1 双方约定工期顺延的其他情况：

四、质量与验收

17. 隐蔽工程和中间验收

17.1　双方约定中间验收部位：_____

_____

19. 工程试车

19.5　试车费用的承担：_____

_____

五、安全施工

六、合同价款与支付

23. 合同价款及调整

23.2　本合同价款采用_____方式确定。

（1）采用固定价格合同，合同价款中包括的风险范围：

_____

_____

风险费用的计算方法：

_____

_____

风险范围以外合同价款调整方法：

_____

_____

（2）采用可调价格合同，合同价款调整方法：

_____

_____

（3）采用成本加酬金合同，有关成本和酬金的约定：

_____

_____

23.3　双方约定合同价款的其他调整因素：

_____

_____

24. 工程预付款

发包人向承包人预付工程款的时间和金额或占合同价款总额的比例：

扣回工程款的时间、比例：

25. 工程量确认

25.1 承包人向工程师提交已完工程量质量报告的时间：

26. 工程款（进度款）支付

双方约定的工程款（进度款）支付的方式和时间：

七、材料设备供应

27. 发包人供应材料设备

27.4 发包人供应的材料设备与一览表不符时，双方约定发包人承担责任如下：

（1）材料设备单价与一览表不符：

（2）材料设备的品种、规格、型号、质量等级与一览表不符：

（3）承包人可代为调剂串换的材料：

（4）到货地点与一览表不符：

（5）供应数量与一览表不符：

（6）到货时间与一览表不符：

27.6 发包人供应材料设备的结算方法：

28. 承包人采购材料设备

28.1　承包人采购材料设备的约定：

_____

_____

八、工程变更

九、竣工验收与结算

32. 竣工验收

32.1　承包人提供竣工图的约定：

_____

_____

32.6　中间交工工程的范围和竣工时间：

_____

十、违约、索赔和争议

35. 违约

35.1　本合同中关于发包人违约的具体责任如下：

本合同通用条款第 24 条约定发包人违约应承担的违约责任：

_____

_____

本合同通用条款第 26.4 款约定发包人违约应承担的违约责任：

_____

_____

本合同通用条款第 33.3 款约定发包人违约应承担的违约责任：

_____

_____

双方约定的发包人其他违约责任：

_____

_____

35.2　本合同中关于承包人违约的具体责任如下：

本合同通用条款第 14.2 款约定承包人违约应承担的违约责任：

_____

本合同通用条款第 15.1 款约定承包人违约应承担的违约责任：

_____

双方约定的承包人其他违约责任：

_____

37. 争议

37.1 双方约定，在履行合同过程中产生争议时：

（1）请_____调解。

（2）采取第_____种方式解决，并约定向

_____仲裁委员会提请仲裁或向_____人

民法院提起诉讼。

十一、其他

38. 工程分包

38.1 本工程发包人同意承包人分包的工程：

_____

分包施工单位为：

_____

39. 不可抗力

39.1 双方关于不可抗力的约定：

_____

40. 保险

40.6 本工程双方约定投保内容如下：

（1）发包人投保内容：

_____

发包人委托承包人办理的保险事项：

_____

（2）承包人投保内容：

_____

_____

41. 担保

41.3　本工程双方约定担保事项如下：

（1）发包人向承包人提供履约担保，担保方式为：

_____担保合同作为本合同附件。

（2）承包人向发包人提供履约担保，担保方式为：

_____担保合同作为本合同附件。

（3）双方约定的其他担保事项：

_____

_____

46. 合同份数

46.1　双方约定合同副本份数：

47. 补充条款：

_____

_____

细节：工程量清单招投标流程

工程量清单招投标程序的基本流程（图1-6）。

图1-6　工程量清单招标程序的流程图

此流程是从招投标资格审查与备案到签订合同协议的一个全过程。在施工招投标活动过程中涉及的主体有三方：招标人及其代理人、投标人、监督管理部门。

细节：工程量清单招标文件的组成

1. 前附表

前附表见表1-3。

2. 投标须知、合同条件及合同格式

（1）总则

1）工程说明。

表1-3　前附表

工程名称			
工程说明			
建设地点			
联系人		联系电话	
		手机	
资金来源			
招标方式			
招标范围			
标段划分			
建筑面积	m²	结构类型及层数	
承包方式		工程类别	
定额工期	____天	工期要求	____天
工期提前率	____%	投标保证金	____元人民币
现场踏勘			
投标有效期	投标截止日后_____日内有效		
投标文件份数	一套正本____套副本		
投标文件递交	递交至：×××× 地址：×××× 接收人：____（招标人名称） 投标截至时间：____年____月____日____时		
开标	时间：____年____月____日____时 地点：××××		
评标办法			

① 工程说明见投标须知前附表（以下称"前附表"）第 2 项所述。

② 此工程按照《工程建设施工招标管理办法》，已办理招标申请，并得到招标管理机构批准，现通过招标来择优选定施工单位。

2）资金来源。

建设单位的资金通过前附表第 5 项所述的方式获得，并将部分资金用于本工程合同项下的合格支付。

3）资质与合格条件的要求。

① 为履行本施工合同的目的，参加投标的施工企业（以下称"投标单位"）至少须满足招标单位所要求的资质等级。

② 参加投标的施工单位必须具有独立法人资格和相应的施工资质，非本国注册的施工企业应按建设行政主管部门有关管理规定取得施工资质。

③ 为具有被授予合同的资格，投标单位应提供令招标单位满意的资格文件，以证明其符合投标合格条件和具有履行合同的能力。为此，所提交的投标文件中应包括下列资料：

a. 有关确立投标单位法律地位的原始文件的副本（包括营业执照、资质等级证书及非中国注册的施工企业经建设行政主管部门核准的资质证件）。

b. 投标单位在过去 3 年完成的工程的情况和现在正在履行的合同情况。

c. 按规定的格式提供项目经理简历，以及拟在施工现场或不在施工现场的主要管理和主要施工人员情况。

d. 按规定格式提供完成本合同拟采用的主要施工机械设备情况。

e. 按规定格式提供拟分包的工程项目，以及拟承担分包工程项目施工单位情况。

f. 投标单位提供财务状况情况，包括最近两年经过审计的财务报表，下一年度财务预测报告和投标单位向开户银行开具的、由该银行提供财务情况证明的授权书。

g. 有关投标单位目前和过去两年参与或涉及诉讼案的资料。

④ 两个或两个以上施工单位组成的联营体投标时，除提供组成

联营体每一成员的资料外，还应符合以下规定要求：

a. 投标单位的投标文件及中标后签署的合同协议书，对联营体每一成员均受法律约束。

b. 应指定一家联营体成员作为主办人，由联营体各成员法定代表人签署提交一份授权书，证明其主办人资格。

c. 联营体主办人应被授权代表所有联营体成员承担责任和接受指令。并且由联营体主办人负责整个合同的全面实施，包括只有主办人可以支付费用等。

d. 所有联营体成员应按合同条件的规定，为实施合同共同和分别承担责任。在联营体授权书中，以及在投标文件和中标后签署的合同协议书中应对此作相应的声明。

e. 联营体各成员之间签订的联营体协议书副本应随投标文件一起递交。

⑤ 参加联营体的各成员不得再以自己名义单独投标，也不得同时参加两个或两个以上的联营体投标，如有违反将取消该联营体及联营体各成员的投标资格。

4）投标费用。

投标单位应承担其编制投标文件与递交投标文件所涉及的一切费用。不管投标结果如何，招标管理单位对上述费用不负任何责任。

（2）招标文件

1）招标文件的组成。

① 本合同的招标文件包括下列文件及所有补充资料和投标预备会记录：

第一卷　投标须知、合同条件及合同格式

第一章　投标须知前附表

第二章　投标须知、合同条件及合同格式

第三章　合同协议条款

第四章　合同格式

第二卷　技术规范

第五章　技术规范

第三卷　投标文件格式

第六章　投标书及投标书附录

第七章　工程量清单与报价表

第八章　辅助资料表

第九章　资格审查表（资格预审的不采用）

第四卷　图纸

第十章　图纸

②　投标单位应认真审阅招标文件中所有的投标须知、合同条件及合同格式、技术规范、工程量清单和图纸。如果投标单位的投标文件不能符合招标文件的要求，责任由投标单位自负。实质上不响应招标文件要求的投标文件将被拒绝。

2）招标文件的解释。

投标单位在收到招标文件后，若有问题需要澄清，应于收到招标文件后以书面形式（包括书面文字、电传、传真、电报等，下同）向招标单位提出，招标单位将以书面形式或投标预备会的方式予以解答（包括对询问的解释，但不说明询问的来源），答复将送给所有获得招标文件的投标单位。

3）招标文件的修改。

①　在投标截止日期前，招标单位都可能会以补充通知的方式修改招标文件。

②　补充通知将以书面方式发给所有获得招标文件的投标单位，补充通知作为招标文件的组成部分，对投标单位起约束作用。

③　为使投标单位在编制投标文件时把补充通知的内容考虑进去，招标单位可以酌情延长递交投标文件的截止日期。

④　补充通知须报招标管理机构核准。

（3）投标报价说明

1）投标价格。

①　除非合同中另有规定，具有标价的工程量清单中所报的单价和合价，以及报价汇总表中的价格应包括施工设备、劳务、管理、材料、安装、维护、保险、利润、税金、政策性文件规定及合同包含的所有风险、责任等各项应有费用。

②　投标单位应按招标单位提供的工程量计算工程项目的单价和

合价。工程量清单中的每一单项均需计算填写单价和合价，投标单位没有填写单价和合价的项目将不予支付，均认为此项费用已包括在工程量清单的其他单价和合价中。

2）投标价格采用方式。

投标价格采用方式有以下两种：

① 价格固定（备选条款 A）：投标单位所填写的单价和合价在合同实施期间不因市场变化因素而变动，投标单位在计算报价时可考虑一定的风险系数。

② 价格调整（备选条款 B）：投标单位所填写的单价和合价在合同实施期间可因市场变化因素而变动。

投标单位如果采用①价格固定，则删除②价格调整；反之，采用②价格调整，则删除①价格固定。

③ 投标货币。

（4）投标文件的编制

1）投标文件的语言。

投标文件及投标单位与招标单位之间与投标有关的来往通知、函件和文件均应使用中文。

2）投标文件的组成。

① 投标单位的投标文件应包括下列内容：

a. 投标书

b. 具有标价的工程量清单与报价表

c. 投标书附录

d. 辅助资料表

e. 投标保证金

f. 资格审查表（资格预审的不采用）

g. 法定代表人资格证明书

h. 按本须知规定提交的其他资料

i. 授权委托书

② 投标单位必须使用招标文件第三卷提供的表格格式，但表格可以按同样格式扩展，投标保证金、履约保证金的方式按本须知有关条款的规定可以选择。

3）投标有效期。

① 投标文件在投标截止日期之后的日历日内有效。

② 在原定投标有效期满之前，如果出现特殊情况，经招标管理机构核准，招标单位可以书面形式向投标单位提出延长投标有效期的要求。投标单位须以书面形式予以答复，投标单位可以拒绝这种要求而不被没收投标保证金。同意延长投标有效期的投标单位不允许修改其他的投标文件，但需要相应地延长投标保证金的有效期，在延长期内关于投标保证金的退还与没收的规定仍然适用。

4）投标保证金。

① 投标单位应提供不少于规定数额的投标保证金，此投标保证金是投标文件的一个组成部分。

② 根据投标单位的选择，投标保证金可以是现金、支票、银行汇票，也可以是在中国注册的银行出具的银行保函。银行保函的格式，应符合招标文件的格式，银行保函的有效期应超出投标有效期28天。

③ 对于未能按要求提交投标保证金的投标单位，招标单位将视为不响应投标而予以拒绝。

④ 未中标的投标单位的投标保证金将尽快退还（无息），最迟不超过规定的投标有效期期满后的14天。

⑤ 中标单位的投标保证金，按要求提交履约保证金并签署合同协议后，予以退还（无息）。

⑥ 如投标单位有下列情况，将被没收投标保证金：

a. 投标单位在投标有效期内撤回其投标文件。

b. 中标单位未能在规定期限内提交履约保证金或签署合同协议。

5）投标预备会。

① 投标单位派代表应在规定的时间和地点出席投标预备会。

② 投标预备会的目的是澄清、解答投标单位提出的问题和组织投标单位考察现场，了解情况。

③ 勘察现场。

a. 投标单位可能被邀请对工程施工现场和周围环境进行勘察，以获取须投标单位自己负责的有关编制投标文件和签署合同所需的所有资料。勘察现场所发生的费用由投标单位自己承担。

b. 招标单位向投标单位提供的有关施工现场的资料和数据，是招标单位现有的能使投标单位利用的资料。招标单位对投标单位由此而作出的推论、理解和结论概不负责。

④ 投标单位提出的与投标有关的任何问题须在投标预备会召开7天前，以书面形式送达招标单位。

⑤ 会议记录包括所有问题和答复的副本，将迅速提供给所有获得招标文件的投标单位。由于投标预备会而产生的对本须知（2）第3）款中所列的招标文件内容的修改，由招标单位按照规定，以补充通知的方式发出。

6）投标文件的份数和签署。

① 按投标单位规定，编制一份投标文件"正本"和前附表第8项所述份数的"副本"，并明确标明"投标文件正本"和"投标文件副本"。投标文件正本和副本如有不一致之处，以正本为准。

② 投标文件正本与副本均应使用不能擦去的墨水打印或书写，由投标单位法定代表人亲自签署并加盖法人单位公章和法定代表人印鉴。

③ 全套投标文件应无涂改和行间插字，除非这些删改是根据招标单位的指示进行的，或者是投标单位造成的必须修改的错误。修改处应由投标文件签字人签字证明并加盖印鉴。

（5）投标文件的递交

1）投标文件的密封与标志。

① 投标单位应将投标文件的正本和每份副本分别密封在内层包封，再密封在一个外层包封中，并在内包封上正确标明"投标文件正本"或"投标文件副本"。

② 内层和外层包封都应写明招标单位名称和地址、合同名称、工程名称、招标编号、并注明开标时间以前不得开封。在内层包封上还应写明投标单位的名称与地址、邮政编码，以便投标出现逾期送达时能原封退回。

③ 如果内外层包封没有按上述规定密封并加写标志，招标单位将不承担投标文件错放或提前开封的责任，由此造成的提前开封的投

标文件将予以拒绝,并退还给投标单位。

④ 投标文件递交至规定的单位和地址。

2) 投标截止期。

① 投标单位应按规定的日期和时间之前将投标文件递交给招标单位。

② 招标单位可以按规定以补充通知的方式,酌情延长递交投标文件的截止日期。在上述情况下,招标单位与投标单位以前在投标截止期方面的全部权力、责任和义务,将适用于延长后新的投标截止期。

③ 投标单位在投标截止期以后收到的投标文件,将原封退给投标单位。

3) 投标文件的修改与撤回。

① 投标单位可以在递交投标文件以后,在规定的投标截止时间之前,可以书面形式向招标单位递交修改或撤回其投标文件的通知。在投标截止日期以后,不能更改投标文件。

② 投标单位的修改或撤回通知,应按规定编制、密封、标志和递交(在内层包封标明"修改"或"撤回"字样)。

③ 根据规定,在投标截止时间与招标文件中规定的投标有效期终止日之间的这段时间内,投标单位不能撤回投标文件,否则其投标保证金将被没收。

(6) 开标

1) 在所有投标单位法定代表人或授权代表人在场的情况下,招标单位将于规定的时间和地点举行开标会议,参加开标的投标单位代表应签名报到,以证明其出席开标会议。

2) 开标会议在招标管理机构监督下,由招标单位组织并主持。对投标文件进行检查,确定它们是否完整,是否按要求提供了投标保证金,文件签署是否正确,以及是否按顺序编制。未按规定提交合格的投标文件不予开封。

3) 投标单位法定代表人或授权代表未参加开标会议的视为自动弃权。投标文件有下列情况之一者将视为无效:

① 投标文件未按规定标志、密封。

② 未经法定代表人签署或未加盖投标单位公章或未加盖法定代

表人印鉴。

③ 未按规定的格式填写，内容不全或字迹模糊辨认不清。

④ 投标截止时间以后送达的投标文件。

4）投标单位当众宣布核查结果，并宣读有效投标的单位名称、投标报价、修改内容、工期、质量、主要材料用量、投标保证金以及招标单位认为适当的其他内容。

（7）评标

1）评标内容的保密。

① 公开开标后，直到宣布授予中标单位合同为止，凡属于审查、澄清、评价和比较投标的有关资料和有关授予合同的信息、工程标底情况都不应向投标单位或与该过程无关的其他人泄露。

② 在投标文件的审查、澄清、评价和比较以及授予合同的过程中，投标单位对招标单位和评标机构其他成员施加影响的任何行为，都将导致取消投标资格

2）资格审查。

未经资格预审的工程项目，在评标前须进行资格审查，只有资格审查合格的投标单位，其投标文件才能进行评价与比较。

3）投标文件的澄清。

为了有助于投标文件的审查、评价和比较，评标机构可以个别要求投标单位澄清其投标文件。有关澄清的要求与答复，应以书面形式进行，但不允许更改投标报价或投标的实质性内容。但是发现的计算错误不在此列。

4）投标文件符合性鉴定。

① 在详细评标之前，评标机构将首先审定每份投标文件是否在实质上响应了招标文件的要求。

② 就本条款而言，实质上响应要求的投标文件，应该与招标文件的所有规定要求、条件、条款和规范相符，无显著差异或保留。所谓显著差异或保留是指对工程的发包范围、质量标准及运用产生实质性影响，或者对合同中规定的招标单位的权力及招标单位的责任造成实质性限制，而且纠正这种差异或保留，将会对其他实质上响应要求的投标单位的竞争地位产生不公正的影响。

③ 如果投标文件实质上不响应招标文件要求,招标单位将予以拒绝,并且不允许通过修正或撤销其不符合要求的差异或保留,使之成为具有响应性的投标。

5)错误的修正。

① 评标机构将对确定为实质上响应招标文件要求的投标文件进行校核,看其是否有计算上或累计上的错误,修正错误的原则如下:

a. 如果用数字表示的数额与用文字表示的数额不一致时,以文字数额为准。

b. 当单价与工程量的乘积与合价之间不一致时,通常以标出的单价为准。除非评标机构认为有明显的小数点错位,此时应以标出的合价为准,并修改单价。

② 按上述修改错误的方法,调整投标书中的投标报价。经投标单位确认同意后,调整后的报价对投标单位起约束作用。如果投标单位不接受修正后的投标报价则其投标将被拒绝,其投标保证金将被没收。

6)投标文件的评价与比较。

① 评标机构将仅对实质上响应招标文件要求的投标文件进行评价与比较。

② 在评价与比较时应通过对投标单位的投标报价、工期、质量标准、主要材料质量、施工方案或施工组织设计、优惠条件、社会信誉及以往业绩等进行综合评价。

③ 投标价格采用价格调整的,在评标时不应考虑执行合同期间价格变化和允许调整的规定。

(8)授予合同

1)合同授予标准。

招标单位将把合同授予其投标文件在实质上响应招标文件的要求和按评标办法评选出的投标单位,确定为中标的投标单位必须具有实施本合同的能力和资源。

2)中标通知书。

① 确定出中标单位后在投标有效期截止前,招标单位将以书面形式通知中标的投标单位其投标被接受。在该通知书(以下合同条

件中称"中标通知书")中给出招标单位对中标单位按本合同实施、完成和维护工程的中标标价(合同条件中称为"合同价格"),以及工期、质量和有关合同签订的日期、地点。

② 中标通知书将成为合同的组成部分。

③ 在中标单位按规定提供了履约担保后,招标单位将及时将未中标的结果通知其他投标单位。

3)合同协议书的签署。

中标单位按中标通知书中规定的日期、时间和地点,由法定代表人或授权代表前往与建设单位代表进行签订合同。

4)履约担保。

① 中标的投标单位应按规定向建设单位提交履约担保。履约担保可由在中国注册的银行出具银行保函,银行保函为合同价格的5%;也可由具有独立法人资格的经济实体企业出具履约担保书,履约担保书为合同价格的10%(投标单位可任选一种)。投标单位应使用招标文件中提供的履约担保格式。

② 如果中标单位不按规定的时间签订合同,招标单位将有充分的理由废除授标,并没收其投标保证金。

3. 技术规范

1)现场自然条件。

现场自然条件包括:现场环境、地形、地貌、地质、水文、地震烈度及气温、雨雪量、风向、风力等。

2)现场施工条件。

现场施工条件包括:建设用地面积、建筑物占地面积、场地拆迁及平整情况、施工用水、电及有关勘探资料等。

3)本工程采用的技术规范。

4. 投标文件

1)投标书及投标书附录。

2)工程量清单与报价表。

3)辅助资料表。

4)资格审查表。

5)图纸(略)。

细节：工程量清单招标标底的编制

标底是建筑安装工程造价的表现形式之一，它是招标人对招标项目在方案、质量、工期、价格、措施等方面的自我预期控制指标或要求。

1. 编制标底的目的

工程招标标底是建设单位为了掌握工程造价，控制工程投资的基础数据，并以此为依据评出各投标单位工程报价的准确与否。

在工程量清单招投标模式下，形成了由招标人按照国家统一的工程量计算规则计算提供工程数量，由投标人自主报价，并按照经评审低价中标的工程造价模式。标底价格的作用在招标投标中的重要性逐渐趋于弱化，这也是工程造价管理与国际接轨的必然趋势。经评审低价中标的工程造价管理模式最终必然会引导我国建筑市场工程招投标，形成国际上一般的无标底价格的工程招投标模式。

2. 标底价格的编制原则

原则名称	说　　明
遵循四统一的原则	根据《建设工程工程量清单计价规范》的要求,工程量清单编制与计价必须遵循四统一的原则: 1)项目编码统一 2)项目名称统一 3)计量单位统一 4)工程量计算规则统一
遵循市场形成价格的原则	市场形成价格是市场经济条件下的必然产物。长期以来我国工程招投标标底价格的确定受国家(或行业)工程预算定额的制约,标底价格反映的是社会平均消耗水平,不能表现个别企业的实际消耗量,不能全面反映企业的技术装备水平、管理水平和劳动生产率,不利于市场经济条件下企业间的公平竞争 　　工程量清单计价由投标人自主报价,有利于企业发挥自己的最大优势。各投标企业在工程量清单报价条件下必须对单位工程成本、利润进行分析,统筹考虑,精心选择施工方案,并根据企业自身能力合理地确定人工、材料、施工机械等生产要素的投入与配置,优化组合,有效地控制现场费用和技术措施费用,形成最具有竞争力的报价 　　工程量清单下的标底价格反映的应该是由市场形成的具有社会先进水平的生产要素市场价格

（续）

原则名称	说　明
体现公开、公平、公正的原则	工程造价是工程建设的核心内容，也是建设市场运行的核心。建设市场上存在的许多不规范行为大多与工程造价有关。工程量清单下的标底价格应充分体现公开、公平、公正原则。公开、公平、公正不仅是投标人之间的公开、公平、公正，亦包括招投标双方间的公开、公平、公正。即标底价格(工程建设产品价格)的确定，应同其他商品一样，由市场价值规律来决定(采用生产要素市场价格)，不能人为地盲目压低或提高
风险合理分担原则	风险无处不在，对建设工程项目而言，存在风险是必然的 　　工程量清单计价方法，是在建设工程招投标中，招标人按照国家统一的工程量计算规则计算提供工程数量，由投标人依据工程量清单所提供的工程数量自主报价。即由招标人承担工程量计量的风险，投标人承担工程价格的风险。在标底价格的编制过程中，编制人应充分考虑招投标双方风险可能发生的几率，风险对工程量变化和工程造价变化的影响。在标底价格中予以体现
完全一致的原则	标底的计价内容、计价口径，与工程量清单计价规范下招标文件下的规定完全一致的原则。标底的计价过程必须严格按照工程量清单给出的工程量及其所综合的工程内容进行计价，不得随意变更或增减
一个标底的原则	一个工程只能编制一个标底的原则

3. 标底价格的编制依据

1)《建设工程工程量清单计价规范》。

2) 招标文件的商务条款。

3) 工程设计文件。

4) 有关工程施工规范及工程验收规范。

5) 施工组织设计及施工技术方案。

6) 施工现场地质、水文、气象，以及地上情况的有关资料。

7) 招标期间建筑安装材料及工程设备的市场价格。

8) 工程项目所在地劳动力市场的价格。

9) 由招标方采购的材料、设备的到货计划。

10) 由招标方制订的工期计划。

4. 标底编制人

与工程量清单一样，招标标底一般由有编制招标文件能力的招标人或受其委托具有相应资质的工程造价咨询机构、招标代理机构进行编制。

5. 标底的组成内容

1）标底的综合编制说明。

2）标底价格审定书、标底价格计算书、带有价格的工程量清单、现场因素、各种施工措施费的测算明细，以及采用固定价格工程的风险系数测算明细表。

3）主要材料用量。

4）标底附件，如各项交底记要、各种材料及设备的价格来源、现场的地质、水文、交通、供水供电等地上情况的有关资料。编制标底价格所依据的施工方案或施工组织设计等。

6. 标底编制步骤

《计价规范》中进一步强调："实行工程量清单计价招标投标建设工程，其招标标底、投标报价的编制、合同条款的确定与调整、工程结算应按本规范进行"，并进一步规定"招标工程如设标底，标底应根据招标文件中的工程量清单和有关要求、施工现场实际情况、合理的施工方法，以及按照建设行政主管部门制定的有关工程造价计价办法进行编制"。

1）准备工作。

① 熟悉招标图纸和说明。

② 熟悉招标文件内容。

③ 考查工程现场。

④ 进行材料价格调查。

2）工程量计算。

① 复核清单工程量。

② 按定额计算工程量。

3）确定工、料、机单价。

4）计算综合费用。

5）计算工程项目总金额。

6）编制标底单价。

7）计算标底总金额。

8）编写标底说明。

7. 标底价格的编制方法

标底价格由 5 部分内容组成：分部分项工程量清单计价、措施项目清单计价、其他项目清单计价、规费和税金。

组成名称	介　　绍
分部分项工程量清单计价	分部分项工程量清单计价，是对招标方提供的分部分项工程量清单进行计价的 分部分项工程量清单计价有两种方法：预算定额调整法和工程成本测算法。目前常用的方法是利用各地造价管理部门发布的消耗量定额或者大中型施工企业自行编制企业内部定额来进行工程量清单的价格计算 利用定额进行工程量清单组价，主要是要根据清单项的工作内容选择相应的定额子目。定额子目的工程量与清单项的工程量性质不同，应根据施工组织设计和施工技术方案进行重新计算。有些子目的工程量计算规则同清单项目的工程量计算规则，可直接使用
措施项目清单计价	标底编制人要对措施项目清单表内逐项计价。如果编制人认为表内提供的项目不全，亦可列项补充。措施项目标底价的计算依据是施工组织设计和施工技术方案 措施项目计价按每单位工程计取 环境保护费、临时设施费、文明施工费、安全施工费是以各单位工程中的直接费为基础按系数计取的。系数是经验数据。用系数法计取这四项费用对个体单位工程的针对性较差，不尽合理，但是方便易行。现场材料库距施工场地不足百米，二次搬运费可以忽略不计。业主负责厂区高照度照明，局部范围使用的照明费用可以忽略不计 措施项目费可以分为两种费用：一种可以通过预算定额计算出来；一种则是单独计取的费用，源自传统计价方式中的间接费。各项费率的取值按当地定额费用的规定计取
其他项目清单计价	其他项目清单计价按单位工程计取，分为招标人、投标人两部分，分别由招标人与投标人填写。由招标人填写的内容包括预留金、材料购置费等。由投标人填写的包括承包服务费、零星工作项目费等。按计价规范的规定，规范中列项不包括的内容，招投标人均可增加列项并计价 招标人部分的数据由招标人填写，并随同招标文件一同发至投标人或标底编制人。在标底计价中，编制人如数填写不得更改 投标人部分由投标人或标底编制人填写，其中总承包服务费要根据工程规模、工程的复杂程度、投标人的经营范围、划分拟分包工程来计取，一般是不大于分包工程总造价的 5% 零星工作项目表，由招标人提供具体项目和数量，由投标人或标底编制人对其进行计价 零星工作项目计价表中的单价为综合单价，其中人工费综合了管理费与利润，材料费综合了材料购置费及采购保管费，机械费综合了机械台班使用费、车船使用税以及设备的调遣费

（续）

组成名称	介　　绍
规费	规费亦称地方规费，是税金之外由政府机关或政府有关部门收取的各种费用。各地收取的内容多有不同，在标底编制时应按工程所在地的有关规定计算此次费用
税金	税金包括营业税、城市维护建设税、教育费附加三项内容。因为工程所在地的不同，税率也有所区别。标底编制税金应按工程所在地规定的税率计取税金

8. 编制工程量清单及标底时应注意的问题

1）各有关单位和计价人员应认真学习和深刻理解工程量清单计价的规则和清单招标的实质。无论采用何种计价方式，招投标法中规定的程序是基本保持不变的，不同的是招标过程中计价形式和招标文件的组成及相应的评标定标办法等有所变化。只有正确理解了清单招标的实质才能真正体现出工程量清单计价的优势，才能使工程量清单招标得以顺利推行。

2）若编制工程量清单与招标标底是同一单位，应注意发放招标文件中的工程量清单与编制标底的工程量清单在格式、内容、描述等各方面保持一致，避免由此而造成招标的失败或评标的不公正。

3）工程量清单的描述必须准确全面，避免由于描述不清而引起理解上的差异，造成投标企业报价时不必要的失误，影响招投标的工作质量。

4）仔细区分清单中工程量清单费、措施项目清单费、其他项目清单费和规费、税金等各项费用的组成，避免重复计算。

5）技术标报价与商务标报价不得重复，尤其是在技术标中已经包括的措施项目报价，在列措施项目清单及做标底时应避免重复报价。

细节：工程量清单投标文件的组成

1. 投标书

投　标　书

建设单位：＿＿＿＿＿＿＿＿＿＿＿＿＿＿

1）根据已收到的招标编号为 _____ 的 _____工程的招标文件，遵照《工程建设施工招标投标管理办法》的规定，我单位经考察现场和研究上述工程招标文件的投标须知、合同条件、技术规范、图纸、工程量清单和其他有关文件后，我方愿以人民币_____元的总价，按上述合同条件、技术规范、图纸、工程量清单的条件承包上述工程的施工、竣工和保修。

2）一旦我方中标，我方保证在 _____ 年 _____ 月 _____ 日开工，_____ 年 _____ 月 _____ 日竣工，即 _____ 天（日历日）内竣工并移交整个工程。

3）如果我方中标，我方将按照规定提交上述总价 5% 的银行保函或上述总价 10% 的由具有独立法人资格的经济实体企业出具的履约担保书，作为履约保证金，共同地和分别地承担责任。

4）我方同意所递交的投标文件在"投标须知"规定的投标有效期内有效，在此期间内我方的投标有可能中标，我方接受此约束。

5）除非另外达成协议并生效，你方的中标通知书和本投标文件将构成约束我们双方的合同。

6）我方金额为人民币_____元的投标保证金与本投标书同时递交。

投标单位：（盖章）　单位地址：　法定代表人：（签字、盖章）

邮政编码：　　　　　电话：　　　　　传真：

开户银行名称：　　　银行账号：　开户行地址：

电话：　　　　　日期：_____年_____月_____日

2. 投标书附录

序号	项目内容	
1	履约保证金 银行保函金额；履约担保书金额	合同价格的%（5%） 合同价格的%（10%）
2	发出开工通知的时间	签订合同协议书后　天内
3	误期赔偿费金额	元/天
4	误期赔偿费限额	合同价格的　%

（续）

序号	项目内容	
5	提前工期奖	元/天
6	工程质量达到优良标准补偿金	元
7	工程质量未达到要求优良标准时的赔偿费	元
8	预付款金额	合同价格的　%
9	保留金金额	每次付款额的　%（10%）
10	保留金额限额	合同价格的　%（3%）
11	竣工时间	天（日历日）
12	保修期	天（日历日）

投标单位：（盖章）

法定代表人：（签字、盖章）

日期：＿＿＿＿＿年＿＿＿＿＿月＿＿＿＿＿日

3. 投标保证金银行保函

鉴于＿＿＿＿＿（下称"投标单位"）于＿＿＿＿＿年＿＿＿＿＿月＿＿＿＿＿日参加＿＿＿＿＿（下称"招标单位"）＿＿＿＿＿工程的投标。

本银行＿＿＿＿＿（下称"本银行"）在此承担向招标单位支付总金额人民币＿＿＿＿＿元的责任。

本责任的条件是：

1）如果投标单位在招标文件规定的投标有效期内撤回其投标。

2）如果投标单位人在投标有效期内收到招标单位的中标通知书后：

① 不能或拒绝按投标须知的要求签署合同协议书。

② 不能或拒绝按投标须知的规定提交履约保证金。

只要招标单位指明投标单位出现上述情况的条件，本银行在接到招标单位的通知就支付上述数额之内的任何金额，并不需要招标单位申述和证实他的要求。

本保函在投标有效期后或招标单位在这段时间内延长的投标有效

期 28 天内保持有效，本银行不要求得到延长有效期的通知，但任何索款要求应在有效期内送到本银行。

银行名称：（盖章）

法定代表人：（签字、盖章）

银行地址：

邮政编码：

电话：

日期：_____年_____月_____日

4. 法定代表人资格证明书

单位名称：

地址：

姓名：　　　　性别：　　　　年龄：　　　　职务：

系_____的法定代表人。为施工、竣工和保修_____的工程，签署上述工程的投标文件、进行合同谈判、签署合同和处理与之有关的一切事务。

特此证明。

投标单位：（盖章）　　　　　　　上级主管部门：（盖章）

日期：____年____月____日　　日期：____年____月____日

5. 授权委托书

本授权委托书声明：我_____（姓名）系_____（投标单位名称）的法定代表人，现授权委托_____（单位名称）的_____（姓名）为我公司代理人，以本公司的名义参加_____（招标单位）的_____工程的投标活动。代理人在开标、评标、合同谈判过程中所签署的一切文件和处理与之有关的一切事务，我均予以承认。

代理人无转委权。特此委托。

代理人：_____　　性　别：_____　　年　龄：_____

单　位：_____　　部　门：_____　　职　务：_____

投标单位：（盖章）

法定代表人：（签字、盖章）

日期：_____年_____月_____日

6. 具有标价的工程量清单与报价表

1）封面。

2）填表须知。

3）总说明。

4）分部分项工程量清单。

5）措施项目清单。

6）其他项目清单。

7）零星工作项目表。

8）主要材料价格表。

7. 辅助资料表

1）项目经理简历表（表略）。

2）主要施工管理人员表（表略）。

3）主要施工机械设备表（表略）。

4）项目拟分包情况表（表略）。

5）劳动力计划表（表略）。

6）施工方案或施工组织设计（表略）。

7）计划开、竣工日期和施工进度表（表略）。

8）临时设施布置及临时用地表（表略）。

8. 资格审查表（资格预审的不采用）

1）投标单位企业概况（表略）。

2）近三年来所承建工程情况一览表（表略）。

3）目前正在承建工程情况一览表（表略）。

4）目前剩余劳动力和施工机械设备情况（表略）。

5）财务状况（表略）。

6）其他资料，如各种奖励或处罚等（表略）。

7）联营体协议书或授权书（表略）。

9. 按本须知规定提交的其他资料

细节：工程量清单投标报价的编制

投标单位根据招标文件及有关计价办法，计算出投标报价，并在此基础上研究投标策略，提出更有竞争力的报价。可以说，投标报价对投标单位竞标的成败和将来实施工程的盈亏起着决定性的作用。

1. 投标报价的主要依据

1）招标单位提供的招标文件。

2）设计图纸及有关的技术说明书等。

3）工程量表。

4）合同条件，尤其是有关工期、支付条件的规定。

5）工程材料、设备的价格，采购地点及供应方式等。

6）拟采用的施工方案、进度计划。

7）劳务工资标准及当地生活物资价格水平。

8）与报价计算有关的各项政策、法规、规定及调整系数等。

此外，还应考虑各种有关间接费用与不可预见费用。

2. 编制投标报价的原则

采用工程量清单招标后，投标单位真正有了报价的自主权，但企业在充分合理地发挥自身的优势自主定价时，还应遵守有关文件的规定：

《建筑工程施工发包与承包计价管理办法》明确指出，投标报价：

1）应当满足招标文件要求。

2）应当依据企业定额和市场参考价格信息，并按照国务院和省、自治区、直辖市人民政府建设行政主管部门发布的工程造价计价办法进行编制。

《计价规范》规定："投标报价应根据招标文件中的工程量清单和有关要求、施工现场实际情况及拟定的施工方案或施工组织设计，依据企业定额和市场价格信息，或参照建设行政主管部门发布的社会平均消耗量定额进行编制"。

3. 投标报价步骤

承包商通过资格预审，购买到全套招标文件之后，即可根据工程性质、大小进行投标报价。承包工程有固定总价合同、单价合同、成本加酬金合同等几种主要形式。不同的合同形式的计算报价是有差别的。具有代表性的单价合同报价计算主要分以下九个步骤：

1）研究招标文件。

2）现场考察。

3）复核工程量。

4）编制施工方案和工程进度计划。

5）计算工、料、机单价。

6）计算分项工程基本单价。

7）计算间接费。

8）考虑上级企业管理费、风险费、预计利润。

9）确定投标价格。

4. 标价的计算方式

建设工程施工工程量标价方式有两种：一种是工料单价方式；另一种是综合单价方式。

（1）按工料单价法计算标价　根据已审定的工程量，按定额的或市场的单价，逐项计算每个项目的合价，分别填入招标单位提供的工程量清单内，计算出全部工程直接费，再根据各项费率、税率，依次计算出间接费、计划利润及税金，得出工程总造价。

（2）按综合单价法计算标价　所填入工程量清单中的单价，应包括人工费、材料费、机械费、其他直接费、间接费、利润、税金、材料差价及风险金等全部费用。将全部单价汇总后，即得出工程总造价。

5. 工程量清单投标报价的编制方法

投标报价的编制工作是投标人进行投标的实质性工作，由投标人组织的专门机构来完成，主要包括审核工程量清单、编制施工组织设计、材料询价、计算工程单价、标价分析决策及编制投标文件等。下面就从这几个方面分别进行说明。

（1）审核工程量清单并计算施工工程量　一般情况下，投标人必须按招标人提供的工程量清单进行组价，并按综合单价的形式进行报价。但投标人在按招标人提供的工程量清单组价时，必须把施工方案及施工工艺造成的工程增量以价格的形式包括在综合单价内。有经验的投标人在计算施工工程量时就对工程量清单工程量进行审核，这样可以知道招标人提供的工程量的准确度，为投标人不平衡报价及结算索赔做好伏笔。

在实行工程量清单模式计价后，建设工程项目分为三部分进行计价：分部分项工程项目计价、措施项目计价及其他项目计价。招标人提供的工程量清单是分部分项工程项目清单中的工程量，但措施项目中的工程量及施工方案工程量招标人不提供，必须由投标人在投标时按设计文件及施工组织设计、施工方案进行二次计算。因此这部分用价格的形式分摊到报价内的量必须要认真计算，要全面考虑。由于清单下报价最低是占优势的，投标人由于没有考虑全面而造成低价中标亏损，招标人不予承担。

（2）编制施工组织设计及施工方案　施工组织设计及施工方案是招标人评标时考虑的主要因素之一，也是投标人确定施工工程量的主要依据。它的科学性与合理性直接影响到报价及评标，是报标过程一项主要的工作，是技术性比较强、要求比较高的工作。主要包括：项目概况、项目组织机构、项目保证措施、前期准备方案、施工现场平面布置、总进度计划和分部分项工程进度计划、分部分项的施工工艺及施工技术组织措施、主要施工机械配置、劳动力配置、主要材料保证措施、施工质量保证措施、安全文明施工措施、保证工期措施等。

施工组织设计主要应考虑施工方法、施工机械设备及劳动力的配置、施工进度、质量保证措施、安全文明施工措施及工期保证措施等，因此施工组织设计不仅关系到工期，而且对工程成本和报价也有密切关系。好的施工组织设计，应能紧紧抓住工程特点，采用科学先进的施工方法，降低成本。既要采用先进的施工方法，安排合理的工期，又要充分有效地利用机械设备和劳动力，尽可能减少临时设施和资金的占用。如果能同时向招标人提出合理化建议，在不影响使用功能的前提下为招标人节约工程造价，那么会大大提高投标人的低价的合理性，增加中标的可能性。还要在施工组织设计中进行风险管理规划，以防范风险。

（3）建立完善的询价系统　实行工程量清单计价模式后，投标人自由组价，所有与价格有关的全部放开，政府不再进行任何干预。可用什么方式询价，具体询什么价，这是投标人面临的新形势下的新问题。投标人在日常的工作中必须建立价格体系，积累一部分人工、材料、机械台班的价格。除此之外在编制投标报价时进行多方询价。询价的内容主要包括：材料市场价、人工当地的行情价、机械设备的租赁价、分部分项工程的分包价等。

材料和设备在工程造价中常常占总造价的60%左右，对报价的影响非常大，所以投标方在报价的时候一定要对材料和设备的市场行情非常了解。一项工程，材料和设备经常达到几百种甚至上千种，如果投标方在有限的投标截止时间之前清楚地查询每一种材料的价格是不太现实的，而且对占工程造价比例不大的非主要材料进行大规模的询价，太浪费宝贵的时间，不如把时间用到投标策略上去。所以，在进行询价之前一定要对所有的材料进行分类，分为主要材料和次要材料，可以按照二八原则，即筛选出占总价值80%的材料作为主要材料，其余作为次要材料。对于主要材料即对于工程总造价影响大的，可以进行多方询价并进行对比分析，选择最合理的价格。询价的方式有很多种：如到厂家或供应商处上门询价、历史工程的材料价格参考、厂家或供应商的挂牌价格、造价管理部门定期或不定期发布的市场信息价、各种建筑材料信息网站发布的信息价格等。工程量清单报价和定额报价的不同之处就是合同对项目单价的约定。在定额计价模式下，可以通过调价来解决这个问题，在清单模式下，材料的价格随着时间的推移变化很大，而在一般情况下又不允许对单价做出调整，所以，采集材料价格的时候不能只考虑当时的价格，必须做到对不同渠道询到的材料价格进行有机综合，并能分析出今后材料价格的变化趋势，用综合方法预测价格变化，把风险变为具体数值加到价格上。可以说投标报价引起的损失有一大部分就是预测分析失误所造成的。对于次要材料，投标人应该建立材料价格储存库，按照库内的材料价格分析市场行情及对未来进行预测，用系数的形式进行整体调整，不需要临时询价。材料询价的方法有以下四个层次。

1）沿用信息价，补缺询价。第一个层次，在组价过程中首先使用消耗量定额中的材料价格，然后根据造价管理部门定期发布的各地造价信息，对于定额中缺少的材料，再进行个别材料的询价。

2）排序估价，分析主材；批量询价，兼顾辅材。第二个层次，首先沿用上一个层次中利用消耗量定额的材料价格，然后根据材料的价值对所有材料进行排序，按照二八原则（所谓二八原则即占总价值80%的主要材料与20%的次要材料），筛选出主要材料。由于主要材料所占的价值比较大，要认真的比选，有条件可以查询材料的价格走势，分析材料的预期价值，进行风险控制。

3）自建价格信息库体系。第三个层次，首先企业要建立自己的材料价格信息库。企业材料价格信息库是通过预算人员和材料采购人员以及材料厂商共同建立的，企业在进行组价的时候优先使用自身的材料信息库，按上述的方法筛选主要材料，然后针对主要材料进行风险分析，企业材料库中缺少的材料，可以列为个案进行询价，然后反馈到价格信息库体系中。

4）实施材料预招标，使用约定价格。第四个层次，同样是建立在企业材料价格信息库的基础上，组价时优先使用自身的材料价格信息库，筛选出主要材料后，对主材采取预招标，采用约定的价格，企业材料库中缺少的材料，可以列为个案进行询价，然后反馈到价格信息库体系中。

这四个层次分别应用在清单实行的不同时期。第一层次主要应对清单模式与传统定额模式共存的时期；在清单推广初期，主要应用第二个层次；第三个层次应用在清单推广中期；第四个层次也就是最高层次应用在清单成熟期。

（4）投标报价的计算

1）报价是投标的核心。它不仅是能否中标的关键，而且也是中标后能否盈利，盈利多少的主要决定因素之一。我国为了推动工程造价管理体制改革，与国际惯例接轨，由定额模式计价向清单模式计价过渡，用规范的形式规范了清单计价的强制性、实用性、竞争性和通用性。

2）实行工程量清单就是风险共担，工程量清单计价无论对招标人还是投标人在工程量变更时都必须承担一定风险，有些风险不是承包人本身造成的，就得由招标人承担。因此，在"计价规范"中规定了工程量的风险由招标人承担，综合单价的风险由投标人承担。投标报价有风险，但是不应怕风险，而是要采取措施降低风险，避免风险，转移风险。投标人必须采用多种方式规避风险，不平衡报价是最基本的方式，如在保证总价不变的情况下，资金回收早的单价偏高，回收迟的单价偏低。估计此项设计需要变更的，工程量增加的单价偏高，工程量减少的单价偏低等。在清单模式下索赔已是结算中必不可少的，也是大家会经常提到并要应用自如的工具。

3）国家推行工程量清单计价后，要求企业必须适应工程量清单模式的计价。对每个工程项目在计价之前都不能临时寻找投标资料，而需要企业拥有企业定额（或确定适合企业的现行消耗量定额）、价格库、价格来源系统、历史数据的积累、快速计价及费用分摊的投标软件，只有这样才能体现投标人在清单计价模式下的核心竞争力。

4）为了简化计价程序，实现与国际接轨，工程量清单计价采用综合单价计价。综合单价计价是有别于现行定额工料单价计价的另一种单价计价方式，它应包括完成规定计量单位、合格产品所需的全部费用，考虑我国的现实情况，综合单价包括除规费、税金以外的全部费用。综合单价不但适用于分部分项工程量清单，也适用于措施项目清单、其他项目清单等。各省、直辖市、自治区工程造价管理机构，应制定具体办法，统一综合单价的计算和编制。同一个分项工程，由于受各种因素的影响可能设计不同，因此所含工程内容也有差异。附录中"工程内容"栏所列的工程内容，没有区别不同设计逐一列出，就某一个具体工程项目而言，确定综合单价时，附录中的工程内容仅供参考。

5）措施项目清单中所列的措施项目均以"一项"提出，所以计价时，首先应详细分析其所含工程内容，然后确定其综合单价。措施项目不同，其综合单价组成内容可能有差异，因此《建设工程工程量清单计价规范》强调，在确定措施项目综合单价时，综合单价组成仅供参考。招标人提出的措施项目清单是根据一般情况确定的，没有考虑不同投标人的"个性"，因此投标人在报价时，可以根据本企业的实际情况，增加措施项目内容，并报价。

6）其他项目清单中的预留金、材料购置费和零星工作项目费，均为估算、预测数量，虽在投标时计入投标人的报价中，不应视为投标人所有。竣工结算时，应按承包人实际完成的工作内容结算，剩余部分仍归招标人所有。

7）工程造价应在政府宏观调控下，由市场竞争形成。在这一原则指导下，投标人的报价应在满足招标文件要求的前提下实行人工、材料、机械消耗量自定，价格及费用自定，全面竞争，自主报价。为了合理减少工程投标人的风险，并遵照谁引起的风险，谁承担责任的原则，《建设工程工程量清单计价规范》对工程量的变更及其综合单价的确定作了规定。执行中应注意：

① 不论由于工程量清单有误或漏项，还是由于设计变更引起新的工程量清单项目或清单项目工程数量的增减，均应如实调整。

② 工程量变更后综合单价的确定应按《建设工程工程量清单计价规范》的规定执行。

③ 本条仅适用于分部分项工程量清单。在合同履行过程中，引起索赔的原因很多，规范不否认其他原因发生的索赔或工程发包人可能提出的索赔。

（5）计算投标报价 根据工程量计价规范的要求，实行工程量清单计价必须采用综合单价法计价，并对综合单价包括的范围进行了明确规定。因此，造价人员在计价时必须按工程量清单计价规范进行计价。工程计价的方法很多，对于实行工程量清单投标模式的工程计价，较多采用综合单价法计价。

所谓"综合单价法"就是分部分项工程量清单费用及措施项目费用的单价综合了完成单位工程量或完成具体措施项目的人工费、材料费、机械使用费、管理费和利润，并考虑一定的风险因素；而将规费、税金等费用作为投标总价的一部分，单列在其他表中的一种计价方法。

投标报价，按照企业定额或政府消耗量定额标准，及预算价格确定人工费、材料费、机械费，并以此为基础确定管理费、利润，由此计算出分部分项的综合单价。根据现场因素及工程量清单规定措施项目费以实物量或以分部分项工程费为基数，按费率的方法确定。其他项目费按工程量清单规定的人工、材料、机械台班的预算价为依据确定。规费按政府的有关规定执行。税金按税法的规定执行。分部分项工程费、措施项目费、其他项目费、规费、税金等合计汇总得到初步的投标报价。根据分析、判断、调整得到投标报价。

分部分项工程结合单价计算	1）充分了解招标文件，明确报价范围。投标报价应采用综合单价形式，是指招标文件所确定的招标范围内的除规费、税金以外全部工作内容，包括人工、材料、设备、施工机械、管理费、利润及一定的风险费用。在投标组价时依据招标人提供的招标文件、施工图纸、补充答题纪要、工程技术规范、质量标准、工期要求、承包范围、工程量清单、工器具及设备清单等，按企业定额或参照省市有关消耗量定额、价格指数确定综合单价 2）计算前的数据准备。工程量清单由投标人提供后，还得计算方案工程量，并校核工程量清单中的工程量。在投标的前期准备阶段完成，到分部分项工程综合单价计算时进行整理、归类、汇总 3）测算工程所需人工工日、材料及机械分班的数量。企业可以按反映企业水平的企业定额或参照政府消耗量定额确定人工、材料、机械台班的耗用量。为了能够反映企业的个别成本，企业应有自己的企业定额。按清单项目内的工程内容对应企业定额项目划分确定定额子目，再对应清单项目进行分析、汇总 4）市场调查和询价。可采用市场劳务价作为参考，按前三个月投标人使用人员的平均工资标准确定。工程所用材料可以工程所在地建材市场前三个月的平均价格水平为依据，不考虑涨价系数。施工机械台班按全国统一机械台班定额计算出台班单价 综合上述市场调查和询价得到对应此工程的综合工日单价、材料单价及机械台班单价 5）计算清单项目内的定额基价。按确定的定额含量及询到的人工、材料、机械台班的单价，对应计算出定额子目单位数量的人工费、材料费和机械费。计算公式：人工费 = $\sum$（人工工日数×对应人工单价）；材料费 = $\sum$（材料定额含量×对应材料综合材料预算单价）；机械费 = $\sum$（机械台班定额含量×对应机械的台班单价） 6）计算综合单价。计价规范规定综合单价必须包括清单项内的全部费用，但招标人提供的工程量是不能变动的。施工方案、施工技术的增量全部包含在报价内。单价的计算公式：人工费、材料费、机械费的单价等于对应定额基价中人工费、材料费、机械费乘以计算工程量后，除以清单项目工程量。管理费及利润按规定的系数进行计算
措施项目费计算	措施项目清单中所列的措施项目均以"一项"提出，在计价时，首先应详细分析其所包含的全部工程内容，然后确定其综合单价。措施项目不同，其综合单价组成内容可能有差异，综合单价的组成包括完成该措施项目的人工费、材料费、机械费、管理费、利润及一定的风险 在确定措施项目综合单价时，措施项目内的人工费、材料费、机械费、管理费、利润等不一定全部发生，因此不要求每个措施项目内人工费、材料费、机械费、管理费、利润都必须有。其次，投标人在报价时，可以根据本企业的实际情况，增加措施项目内容，并报价

（续）

其他项目费计算	由于工程的复杂性,在施工之前很难预料在施工过程中会发生什么变更。所以招标人按估算的方式将这部分费用以其他项目费的形式支出,由投标人按规定组价,包括在总报价内。前面部分分项工程综合单价、措施项目费都是投标人自由组价,可其他项目费不一定是投标人自由组价。投标人按招标人提供的数量及金额进入报价,不允许投标人对价格进行调整,对于投标人部分是竞争性费用,名称、数量由招标人提供,价格由投标人自由确定。规范中提到的四种其他项目费,预留金、材料购置费、总承包服务费和零星工作项目费,对于招标人来说只是参考,可以补充,但对于投标人是不能补充的,必须按招标人提供的工程量清单执行
规费的计算	规费是指政府和有关部门规定必须缴纳的费用,包括工程排污费、工程定额测定费、养老保险统筹基金、待业保险费、医疗保险费等。在投标报价时,规费的计算一般按国家及有关部门规定的计算公式及费率标准计算
税金的计算	税金具有法定性和强制性,工程造价包括按税法规定计算的税金,并由工程承包人按规定及时足额交纳给工程所在地的税务部门 1)营业税的税额为营业额的 3% 2)城市维护建设税额根据工程所在地为市区、县镇、农村分别按营业税的 7%、5%、1% 征收 3)教育费附加税额为营业税的 3%
工程总造价计算	工程总造价为分部分项工程费、措施项目费、其他项目费、规费及税金之和

细节：市政管网工程

市政管网工程是指属于城镇的排水管道（渠）、给水管道、燃气管道以及热力管道及其附属构筑物和设备的安装工程。城镇自来水厂和污水处理厂的各种处理构筑物和专业设备的安装也属于本工程计价的范围。

细节：市政管网工程与其他相关工程划分界限

1. 给水工程

与安装工程管道的划分以进户管用户水表井（或小区总水表井）为界。无计量表的以两者的碰头为界。

2. 排水工程

与厂、区室外排水管道以接入市政管道的检查井、接户井为界。

3. 燃气工程

与安装工程室外管道以两者的碰头点或界区划线为界。

4. 供热工程

自热源厂外第一块流量孔板、管件或焊口起至供热用户外 1.5m 止（或户外第一个阀门、进户装置的第一个接头零件）。

细节：市政管网工程量计算

1. 管道铺设

（1）陶土管铺设（040501001）

工程内容：

垫层铺筑，混凝土基础浇筑，管道防腐，管道铺设，管道接口，混凝土管座浇筑，预制管枕安装，井壁（墙）凿洞，检测及试验。

工程量计算：

按不同管材规格、埋设深度、垫层厚度、材料品种、强度、基础断面形式、混凝土强度等级、石料最大粒径，以陶土管铺设的中心线长度计算，计量单位：m。不扣除中间井所占的长度。

（2）混凝土管道铺设（040501002）

工程内容：

垫层铺设，混凝土基础浇筑，管道防腐，管道铺设，管道接口，混凝土管座浇筑，预制管枕安装，井壁（墙）凿洞，检测及试验，冲洗消毒或吹扫。

工程量计算：

按不同管肋有否、规格、埋设深度、接口形式、垫层厚度、材料品种、强度、基础断面形式、混凝土强度等级、石料最大粒径，以混凝土管道铺设的中心线长度计算，计量单位：m。不扣除中间井及管件、阀门所占的长度。

（3）镀锌钢管铺设（040501003）

工程内容：

基础铺筑，管道防腐、保温，管道铺设，接口，检测及试验，冲洗消毒或吹扫。

工程量计算：

按不同公称直径、接口形式、防腐保温要求、埋设深度、基础材料品种、厚度，以镀锌钢管铺设的中心线长度计算，计量单位：m。不扣除管件、阀门、法兰所占的长度。

（4）铸铁管铺设（040501004）

工程内容：

垫层铺筑，混凝土基础浇筑，管道防腐，管道铺设，管道接口，混凝土管座浇筑，井壁（墙）凿洞，检测及试验，冲洗消毒或吹扫。

工程量计算：

按不同管材材质、管材规格、埋设深度、接口形式、防腐保温要求，垫层厚度、材料品种、强度、基础断面形式、混凝土强度等级、石料最大粒径，以铸铁管铺设的中心线长度计算，计量单位：m。不扣除中间井、管件、阀门所占长度。

（5）钢管铺设（040501005）

工程内容：

垫层铺筑，混凝土基础浇筑，混凝土管座浇筑，管道防腐、保温，管道铺设，管道接口，检测及试验，消毒冲洗或吹扫。

工程量计算：

按不同管材材质、管材规格、埋设深度、防腐保温要求、压力等级、垫层厚度、材料品种、强度、基础断面形式、混凝土强度等级、石料最大粒径，以钢管铺设的中心线长度计算，计量单位：m。不扣除管件、阀门、法兰所占的长度。

（6）塑料管铺设（040501006）

工程内容：

垫层铺筑、混凝土基础浇筑，管道防腐，管道铺设，探测线敷设，管道接口，混凝土管座浇筑，井壁（墙）凿洞，检测及试验，消毒冲洗及吹扫。

工程量计算：

按不同管道材料、管材规格、埋设深度、接口形式、垫层厚度、材料品种、强度、基础断面形式、混凝土强度等级、石料最大粒径。探测线要求，以塑料管道铺设的中心线长度计算，计量单位：m。

（7）砌筑渠道（040501007）

工程内容：

垫层铺筑，渠道基础，墙身砌筑，止水带安装，拱盖砌筑或盖板预制、安装，勾缝，抹面，防腐，渠道渗漏试验。

工程量计算：

按不同渠道断面、渠道材料、砂浆强度等级、埋设深度、垫层厚度、材料品种、强度、基础断面形式、混凝土强度等级、石料最大粒径，以砌筑渠道的长度计算，计量单位：m。

（8）混凝土渠道（040501008）

工程内容：

垫层铺筑，渠道基础，墙身浇筑，止水带安装，渠盖浇筑或盖板预制、安装，抹面，防腐，渠道渗漏试验。

工程量计算：

按不同渠道断面、埋设深度、垫层厚度、材料品种、强度、基础断面形式、混凝土强度等级、石料最大粒径，以混凝土渠道的长度计算，计量单位：m。

（9）套管内铺设管道（040501009）

工程内容：

基础铺筑（支架制作、安装），管道防腐，穿管铺设，接口，检测及试验，冲洗消毒或吹扫，管道保温，防护。

工程量计算：

按不同管材材质、管径、壁厚、接口形式、防腐要求、保温要求、压力等级，以套管铺设管道的中心线长度计算，计量单位：m。

（10）管道架空跨越（040501010）

工程内容：

支承结构制作、安装，防腐，管道铺设，接口，检测及试验，冲洗消毒或吹扫，管道保温，防护。

工程量计算：

按不同管材材质、管径、壁厚、跨越跨度、支承形式、防腐保温要求、压力等级，以架空跨越管道中心线长度计算，计量单位：m。不扣除管件、阀门、法兰所占长度。

（11）管道沉管跨越（040501011）

工程内容：

管沟开挖，管沟基础铺筑，防腐，跨越拖管头制作，沉管铺设，检测及试验，冲洗消毒或吹扫，标志牌灯制作，安装。

工程量计算：

按不同管材材质、管径、壁厚、跨越跨度、支承形式、防腐要求、压力等级、标志牌灯要求、基础厚度、材料品种、规格，以沉管跨越管道的中心线长度计算，计量单位：m。不扣除管件、阀门、法兰所占长度。

（12）管道焊口无损探伤（040501012）

工程内容：

焊口无损探伤，编写报告。

工程量计算：

按不同管材外径、壁厚、探伤要求，以要求焊口无损探伤的数量计算，计量单位：口。

2. 管件、钢支架制作、安装及新旧管连接

（1）预应力混凝土管转换件安装（040502001）

工程内容：

安装。

工程量计算：

按不同转换件规格，以转换件安装的数量计算，计量单位：个。

（2）铸铁管件安装（040502002）

工程内容：

安装。

工程量计算：

按不同类型、材质、规格、接口形式，以铸铁管件安装的数量计算，计量单位：个。

（3）钢管件安装（040502003）

工程内容：

制作，安装。

工程量计算：

按不同管件类型、管径、壁厚、压力等级，以钢管件安装的数量计算，计量单位：个。

（4）法兰钢管件安装（040502004）

工程内容：

法兰片焊接，法兰管件安装。

工程量计算：

按不同管件类型、管径、壁厚、压力等级，以法兰钢管件安装的数量计算，计量单位：个。

（5）塑料管件安装（040502005）

工程内容：

塑料管件安装，探测线敷设。

工程量计算：

按不同管件类型、材质、管径、壁厚、接口、探测线要求，以塑料管件安装的数量计算，计量单位：个。

（6）钢塑转换件安装（040502006）

工程内容：

安装。

工程量计算：

按不同转换件规格，以钢塑转换件安装的数量计算，计量单位：个。

（7）钢管道间法兰连接（040502007）

工程内容：

法兰片焊接，法兰连接。

工程量计算：

按不同平焊法兰、对焊法兰、绝缘法兰、公称直径、压力等级，以钢管道间法兰连接的数量计算，计量单位：处。

（8）分水栓安装（040502008）

工程内容：

法兰片焊接，安装。

工程量计算：

按不同材质、规格，以分水栓安装的数量计算，计量单位：个。

（9）盲（堵）板安装（040502009）

工程内容：

法兰片焊接，安装。

工程量计算：

按不同盲板规格、盲板材料，以盲（堵）板安装的数量计算，计量单位：个。

（10）防水套管制作、安装（040502010）

工程内容：

制作、安装。

工程量计算：

按不同刚性套管、柔性套管、规格，以防水套管制作、安装的数量计算，计量单位：个。

（11）除污器安装（040502011）

工程内容：

除污器组成安装，除污器安装。

工程量计算：

按不同压力要求、公称直径、接口形式，以除污器安装的数量计算，计量单位：个。

（12）补偿器安装（040502012）

工程内容：

焊接钢套筒补偿器安装，焊接法兰，法兰式波纹补偿器安装。

工程量计算：

按不同压力要求、公称直径、接口形式，以补偿器安装的数量计算，计量单位：个。

（13）钢支架制作、安装（040502013）

工程内容：

制作、安装。

工程量计算：

按不同类型，以钢支架的重量计算，计量单位：kg。

（14）新旧管连接（碰头）（040502014）

工程内容：

新旧管连接，马鞍卡子安装，接管挖眼，钻眼攻丝。

工程量计算：

按不同管材材质、管材管径、管材接口，以新旧管连接的数量计算，计量单位：处。

（15）气体置换（040502015）

工程内容：

气体置换。

工程量计算：

按不同管材内径，以管道中心线长度计算，计量单位：m。

3. 阀门、水表、消火栓安装

（1）阀门安装（040503001）

工程内容：

阀门解体、检查、清洗、研磨，法兰片焊接，操纵装置安装，阀门安装，阀门压力试验。

工程量计算：

按不同公称直径、压力要求、阀门类型，以阀门安装的数量计算，计量单位：个。

（2）水表安装（040503002）

工程内容：

丝扣水表安装，法兰片焊接，法兰水表安装。

工程量计算：

按不同公称直径，以水表安装的数量计算，计量单位：个。

（3）消火栓安装（040503003）

工程内容：

法兰片焊接，安装。

工程量计算：

按不同部位、型号、规格，以消火栓安装的数量计算，计量单位：个。

4. 井类、设备基础及出水口

（1）砌筑检查井（040504001）

工程内容：

垫层铺筑，混凝土浇筑，养生，砌筑，爬梯制作、安装，勾缝，抹面，防腐，盖板、过梁制作、安装，井盖及井座制作、安装。

工程量计算：

按不同材料、井深、尺寸、定型井名称、定型图号、尺寸及井深、垫层和基础的厚度、材料品种、强度，以砌筑检查井的数量计算，计量单位：座。

（2）混凝土检查井（040504002）

工程内容：

垫层铺筑，混凝土浇筑，养生，爬梯制作、安装，盖板、过梁制作安装，防腐涂刷，井盖及井座制作、安装。

工程量计算：

按不同井深、尺寸、混凝土强度等级、石料最大粒径、垫层厚度、材料品种、强度，以混凝土检查井的数量计算，计量单位：座。

（3）雨水进水井（040504003）

工程内容：

垫层铺筑，混凝土浇筑，养生，砌筑，勾缝，抹面，预制构件制作、安装，井箅安装。

工程量计算：

按不同混凝土强度等级、石料最大粒径、雨水井型号、井深、垫层厚度、材料品种、强度、定型井名称、图号、尺寸及井深，以雨水进水井的数量计算，计量单位：座。

（4）其他砌筑井（040504004）

工程内容：

垫层铺筑、混凝土浇筑，养生，砌支墩，砌筑井身，爬梯制作、安装、盖板、过梁制作、安装，勾缝（抹面），井盖及井座制作、安装。

工程量计算：

按不同阀门井、水表井、消火栓井、排泥湿井、井的尺寸及深度、井身材料、垫层和基础的厚度、材料品种、强度、定型井名称、图号、尺寸及井深,以其他砌筑井的数量计算,计量单位:座。

(5)设备基础(040504005)

工程内容:

垫层铺筑,混凝土浇筑,养生,地脚螺栓灌浆,设备底座与基础间灌浆。

工程量计算:

按不同混凝土强度等级,石料最大粒径、垫层厚度、材料品种、强度,以设备基础的体积计算,计量单位:m^3。

(6)出水口(040504006)

工程内容:

垫层铺筑,混凝土浇筑,养生,砌筑、勾缝、抹面。

工程量计算:

按不同出水口材料、出水口形式,出水口尺寸,出水口深度,出水口砌体强度,混凝土强度等级、石料最大粒径、砂浆配合比、垫层厚度、材料品种、强度,以出水口的数量计算,计量单位:处。

(7)支(挡)墩(040504007)

工程内容:

垫层铺设,混凝土浇筑,养生,砌筑,抹面(勾缝)。

工程量计算:

按不同混凝土强度等级,石料最大粒径、垫层厚度、材料品种、强度,以支(挡)墩的体积计算,计量单位:m^3。

(8)混凝土工作井(040504008)

工程内容:

混凝土工作井制作,挖土下沉定位,土方场内运输,垫层铺设,混凝土浇筑,养生,回填夯实,余方弃置,缺方内运。

工程量计算:

按不同土壤类别、断面、深度、垫层厚度、材料品种、厚度,以混凝土工作井的数量计算,计量单位:座。

5. 顶管

(1)混凝土管道顶进(040505001)

工程内容：

顶进后座及坑内工作平台搭拆，顶进设备安装、拆除，中继间安装、拆除，触变泥浆减阻，套环安装，防腐涂刷，挖土、管道顶进，洞口止水处理，余方弃置。

工程量计算：

按不同土壤类别、管径、深度、规格，以混凝土管道顶进的长度计算，计量单位：m。

（2）钢管顶进（040505002）

工程内容：

同混凝土管道顶进工程内容。

工程量计算：

按不同土壤类别、材质、管径、深度，以钢管顶进的长度计算，计量单位：m。

（3）铸铁管顶进（040505003）

工程内容：

同混凝土管道顶进工程内容。

工程量计算：

按不同土壤类别、管径、深度，以铸铁管顶进的长度计算，计量单位：m。

（4）硬塑料管顶进（040505004）

工程内容：

顶进后座及坑内工作平台搭拆，顶进设备安装、拆除，套环安装，管道顶进，洞口止水处理，余方弃置。

工程量计算：

按不同土壤类别、管径、深度，以硬塑料管顶进的长度计算，计量单位：m。

（5）水平导向钻进（040505005）

工程内容：

钻进，泥浆制作，扩孔，穿管，余方弃置。

工程量计算：

按不同土壤类别、管径、管材材质，以水平导向钻进的长度计算，计量单位：m。

6. 构筑物

（1）管道方沟（040506001）

工程内容：

垫层铺筑，方沟基础，墙身砌筑，拱盖砌筑或盖板预制、安装，勾缝，抹面，混凝土浇筑。

工程量计算：

按不同断面、材料品种、混凝土强度等级、石料最大粒径、深度，垫层和基础的厚度、材料品种、强度，以管道方沟的长度计算，计量单位：m。

（2）现浇混凝土沉井井壁及隔墙（040506002）

工程内容：

垫层铺筑、垫木铺设，混凝土浇筑，养生，预留孔封口。

工程量计算：

按不同混凝土强度等级、混凝土抗渗要求、石料最大粒径，以沉井井壁及隔墙的体积计算，计量单位：m^3。

（3）沉井下沉（040506003）

工程内容：

垫木拆除，沉井挖土下沉，填充，余方弃置。

工程量计算：

按不同土壤类别、深度，以自然地坪至设计底板垫层底的高度乘以沉井外壁最大断面积计算，计量单位：m^3。

（4）沉井混凝土底板（040506004）

工程内容：

垫层铺筑，混凝土浇筑，养生。

工程量计算：

按不同混凝土强度等级、混凝土抗渗要求、石料最大粒径，地梁截面、垫层厚度、材料品种、规格，以混凝土底板的体积计算，计量单位：m^3。

（5）沉井内地下混凝土结构（040506005）

工程内容：

混凝土浇筑，养生。

工程量计算：

按不同所在部位、混凝土强度等级、石料最大粒径，以地下混凝土结构的体积计算，计量单位：m^3。

（6）沉井混凝土顶板（040506006）

工程内容：

混凝土浇筑，养生。

工程量计算：

按不同混凝土强度等级、石料最大粒径、混凝土抗渗要求，以混凝土顶板的体积计算，计量单位：m^3。

（7）现浇混凝土池底（040506007）

工程内容：

垫层铺筑，混凝土浇筑，养生。

工程量计算：

按不同混凝土强度等级、石料最大粒径、混凝土抗渗要求、池底形式、垫层厚度、材料品种、强度，以混凝土池底的体积计算，计量单位：m^3。

（8）现浇混凝土池壁（隔墙）（040506008）

工程内容：

混凝土浇筑，养生。

工程量计算：

按不同混凝土强度等级、石料最大粒径、混凝土抗渗要求，以混凝土池壁（隔墙）的体积计算，计量单位：m^3。

（9）现浇混凝土池柱（040506009）

工程内容：

混凝土浇筑，养生。

工程量计算：

按不同混凝土强度等级、石料最大粒径、规格，以混凝土池柱的体积计算，计量单位：m^3。

（10）现浇混凝土池梁（040506010）

工程内容：

混凝土浇筑，养生。

工程量计算：

按不同混凝土强度等级、石料最大粒径、规格，以混凝土池梁的体积计算，计量单位：m^3。

（11）现浇混凝土池盖（040506011）

工程内容：

混凝土浇筑，养生。

工程量计算：

按不同混凝土强度等级、石料最大粒径、规格，以混凝土池盖的体积计算，计量单位：m^3。

（12）现浇混凝土板（040506012）

工程内容：

混凝土浇筑，养生。

工程量计算：

按不同名称、规格、混凝土强度等级、石料最大粒径，以混凝土板的体积计算，计量单位：m^3。

（13）池槽（040506013）

工程内容：

混凝土浇筑，养生，盖板，其他材料铺设。

工程量计算：

按不同混凝土强度等级、石料最大粒径、池槽断面，以池槽的长度计算，计量单位：m。

（14）砌筑导流壁、筒（040506014）

工程内容：

砌筑、抹面。

工程量计算：

按不同块体材料、断面、砂浆强度等级，以导流壁、筒的体积计算，计量单位：m^3。

（15）混凝土导流壁、筒（040506015）

工程内容：

混凝土浇筑、养生。

工程量计算：

按不同断面、混凝土强度等级、石料最大粒径，以混凝土导流壁、筒的体积计算，计量单位：m^3。

（16）混凝土扶梯（040506016）

工程内容：

混凝土浇筑或预制，养生，扶梯安装。

工程量计算：

按不同规格、混凝土强度等级、石料最大粒径，以混凝土扶梯的体积计算，计量单位：m^3。

（17）金属扶梯、栏杆（040506017）

工程内容：

金属扶梯制作、安装，除锈、刷油漆等。

工程量计算：

按不同材质、规格、油漆品种、工艺要求，以金属扶梯、栏杆的重量计算，计量单位：t。

（18）其他现浇混凝土构件（040506018）

工程内容：

混凝土浇筑，养生。

工程量计算：

按不同规格、混凝土强度等级、石料最大粒径，以其他混凝土构件的体积计算，计量单位：m^3。

（19）预制混凝土板（040506019）

工程内容：

混凝土浇筑，养生，构件移动及堆放，构件安装。

工程量计算：

按不同混凝土强度等级、石料最大粒径、名称、部位、规格，以预制混凝土板的体积计算，计量单位：m^3。

（20）预制混凝土槽（040506020）

工程内容：

混凝土浇筑，养生，构件移动及堆放，构件安装。

工程量计算：

按不同规格、混凝土强度等级、石料最大粒径，以预制混凝土槽的体积计算，计量单位：m^3。

（21）预制混凝土支墩（040506021）

工程内容：

同预制混凝土槽。

工程量计算：

同预制混凝土槽。

（22）预制混凝土异型构件（040506022）

工程内容：

同预制混凝土槽。

工程量计算：

同预制混凝土槽。

（23）滤板（040506023）

工程内容：

制作、安装。

工程量计算：

按不同滤板材质、滤板规格、滤板厚度、滤板部位，以滤板的面积计算，计量单位：m^2。

（24）折板（040506024）

工程内容：

制作，安装。

工程量计算：

按不同折板材料、折板形式、折板部位，以折板的面积计算，计量单位：m^2。

（25）壁板（040506025）

工程内容：

制作，安装。

工程量计算：

按不同壁板材料、壁板部位，以壁板的面积计算，计量单位：m^2。

（26）滤料铺设（040506026）

工程内容：

铺设。

工程量计算：

按不同滤料品种、滤料规格，以滤料铺设的体积计算，计量单位：m^3。

（27）尼龙网板（040506027）

工程内容：

制作、安装。

工程量计算：

按不同材料品种、材料规格，以尼龙网板的面积计算，计量单位：m^2。

（28）刚性防水（040506028）

工程内容：

配料、铺筑。

工程量计算：

按不同工艺要求、材料品种，以刚性防水的面积计算，计量单位：m^2。

（29）柔性防水（040506029）

工程内容：

涂、贴、粘、刷防水材料。

工程量计算：

按不同工艺要求、材料品种，以柔性防水的面积计算，计量单位：m^2。

（30）沉降缝（040506030）

工程内容：

铺、嵌沉降缝。

工程量计算：

按不同材料品种、沉降缝规格、沉降缝部位，以沉降缝的长度计算，计量单位：m。

（31）井、池渗漏试验（040506031）

工程内容：

渗漏试验。

工程量计算：

按不同构筑物名称；以储水的体积计算，计量单位：m^3。

7. 设备安装

（1）管道仪表（040507001）

工程内容：

取源部件安装，支架制作、安装，套管安装，表弯制作、安装，仪表脱脂，仪表安装。

工程量计算：

按不同规格、型号、仪表名称，以管道仪表的数量计算，计量单位：个。

（2）格栅制作（040507002）

工程内容：

制作、安装。

工程量计算：

按不同材质、规格、型号，以格栅的重量计算，计量单位：kg。

（3）格栅除污机（040507003）

工程内容：

安装，无负荷试运转。

工程量计算：

按不同规格、型号，以格栅除污机的数量计算，计量单位：台。

（4）滤网清污机（040507004）

工程内容：

安装、无负荷试运转。

工程量计算：

按不同规格、型号，以滤网清污机的数量计算，计量单位：台。

（5）螺旋泵（040507005）

工程内容：

安装，无负荷试运转。

工程量计算：

按不同规格、型号，以螺旋泵的数量计算，计量单位：台。

（6）加氯机（040507006）

工程内容：

安装，无负荷试运转。

工程量计算：

按不同规格、型号，以加氯机的数量计算，计量单位：套。

（7）水射器（040507007）

工程内容：

安装，无负荷试运转。

工程量计算：

按不同公称直径，以水射器的数量计算，计量单位：个。

（8）管式混合器（040507008）

工程内容：

安装，无负荷试运转。

工程量计算：

按不同公称直径，以管式混合器的数量计算，计量单位：个。

（9）搅拌机械（040507009）

工程内容：

安装，无负荷试运转。

工程量计算：

按不同规格、型号、重量，以搅拌机械的数量计算，计量单位：台。

（10）曝气器（040507010）

工程内容：

安装，无负荷试运转。

工程量计算：

按不同规格、型号，以曝气器的数量计算，计量单位：个。

（11）布气管（040507011）

工程内容：

钻孔，安装。

工程量计算：

按不同材料品种、直径，以布气管的长度计算，计量单位：m。

（12）曝气机（040507012）

工程内容：

安装，无负荷试运转。

工程量计算：

按不同规格、型号，以曝气机的数量计算，计量单位：台。

（13）生物转盘（040507013）

工程内容：

安装，无负荷试运转。

工程量计算：

按不同规格，以生物转盘的数量计算，计量单位：台。

（14）吸泥机（040507014）

工程内容：

安装，无负荷试运转。

工程量计算：

按不同规格、型号，以吸泥机的数量计算，计量单位：台。

（15）刮泥机（040507015）

工程内容：

同吸泥机。

工程量计算：

同吸泥机。

（16）辊压转鼓式吸泥脱水机（040507016）

工程内容：

安装，无负荷试运转。

工程量计算：

按不同规格、型号，以辊压转鼓式吸泥脱水机的数量计算，计量单位：台。

（17）带式压滤机（040507017）

工程内容：

安装，无负荷试运转。

工程量计算：

按不同设备重量，以带式压滤机的数量计算，计量单位：台。

（18）污泥造粒脱水机（040507018）

工程内容：

安装，无负荷试运转。

工程量计算：

按不同转鼓直径，以污泥造粒脱水机的数量计算，计量单位：台。

（19）闸门（040507019）

工程内容：

安装。

工程量计算：

按不同闸门材质、闸门形式、闸门规格、型号，以闸门的数量计算，计量单位：座。

（20）旋转门（040507020）

工程内容：

安装。

工程量计算：

按不同材质、规格、型号，以旋转门的数量计算，计量单位：座。

（21）堰门（040507021）

工程内容：

安装。

工程量计算：

按不同材质、规格，以堰门的数量计算，计量单位：座。

（22）升杆式铸铁泥阀（040507022）

工程内容：

安装。

工程量计算：

按不同公称直径，以升杆式铸铁泥阀的数量计算，计量单位：座。

（23）平底盖闸（040507023）

工程内容：

安装。

工程量计算：

按不同公称直径，以平底盖闸的数量计算，计量单位：座。

（24）启闭机械（040507024）

工程内容：

安装。

工程量计算：

按不同规格、型号，以启闭机械的数量计算，计量单位：台。

（25）集水槽制作（040507025）

工程内容：

制作、安装。

工程量计算：

按不同材质、厚度，以集水槽的面积计算，计量单位：m^2。

（26）堰板制作（040507026）

工程内容：

制作、安装。

工程量计算：

按不同堰板材质、堰板厚度、堰板形式，以堰板的面积计算，计量单位：m^2。

（27）斜板（040507027）

工程内容：

安装。

工程量计算：

按不同材料品种、厚度，以斜板的面积计算，计量单位：m^2。

（28）斜管（040507028）

工程内容：

安装。

工程量计算：

按不同斜管材料品种、斜管规格，以斜管的长度计算，计量单位：m。

（29）凝水缸（040507029）

工程内容：

制作，安装。

工程量计算：

按不同材料品种、压力要求、型号、规格、接口，以凝水缸的数量计算，计量单位：组。

（30）调压器（040507030）

工程内容：

安装。

工程量计算：

按不同型号、规格，以调压器的数量计算，计量单位：组。

（31）过滤器（040507031）

工程内容：

安装。

工程量计算：

按不同型号、规格，以过滤器的数量计算，计量单位：组。

（32）分离器（040507032）

工程内容：

安装。

工程量计算：

按不同型号、规格，以分离器的数量计算，计量单位：组。

（33）安全水封（040507033）

工程内容：

安装。

工程量计算：

按不同公称直径，以安全水封的数量计算，计量单位：组。

（34）检漏管（040507034）

工程内容：

安装。

工程量计算：

按不同规格，以检漏管的数量计算，计量单位：组。

（35）调长器（040507035）

工程内容：

安装。

工程量计算：

按不同公称直径，以调长器的数量计算，计量单位：个。

（36）牺牲阳极、测试桩（040507036）

工程内容：

安装，测试。

工程量计算：

按不同牺牲阳极安装、测试桩安装、组合及要求，以吸收阳极、测试桩的数量计算，计量单位：组。

8. 其他相关问题处理方法

1）顶管工作坑的土石方开挖、回填夯实等，应按清单计价规范附录 A 中相关项目编码列项。

2）"市政管网工程"设备安装工程只列市政管网专用的设备项目，标准、定型设备应按清单计价规范附录 C 中相应项目编码列项。

2 燃气与集中供热工程造价

细节：燃气的分类

燃气是指所有天然的、人工的气体燃料。工业与民用燃气的组成中包括可燃气体、少量的惰性气体和混杂气体。可燃气体由各种碳氢化合物、氢气和一氧化碳等组成，惰性气体有氮及其他不活泼气体，混杂气体有水蒸气、二氧化碳、氮气、氯化氢和硫化氢等。燃气的分类可见表 2-1。

表 2-1　燃气的分类

燃气类别	种　类	来　源	主要成分	用　途
天然气	气田气	从气井开采出来	甲烷	是优质燃料气，是理想的城市气源
	石油气	伴随石油一起开采出来		
	凝析气田气	石油轻质分馏而得		
	矿井气	从井下煤层抽出		
人工燃气	干馏煤气	是利用焦炉、碳化炉和立箱炉对煤进行干馏所获得的煤气	甲烷、氢	城市燃气的重要气源之一
	气化煤气	煤在高温下与气化剂反应所生成的燃气	一氧化碳含量较高	不能单独作为城市燃气的气源，多用于加热焦炉和连续式立式碳化炉，以顶替热值较高的干馏煤气，从而增加城市供气量
	油煤气	石油系原料经热加工而制成的煤气总称，用重油制取		可作城市燃气的基本气源和调度气源
	高炉煤气	炼铁时的副产气	一氧化碳、氮	在冶金工业中用作焦炉的一部分燃料

（续）

燃气类别	种　类	来　源	主要成分	用　途
	液化石油气	主要从炼油厂催化、裂化气气体中提取的	丙烷、丙烯、丁烷、丁烯	在常温和常压下呈气态,当加压或冷却后很容易气化,从气态转变为液态,体积约缩小 250 倍
	沼气	有机物须在隔绝空气的条件下发酵	甲烷、二氧化碳	常温和常压呈气态,产量少

细节：城市燃气管道的分类

同其他管道相比，燃气管道的气密性有特别严格的要求，因为漏气可以导致火灾、爆炸、中毒或其他事故。燃气管道的压力越高，管道接头脱开或管道本身出现裂缝的可能性和危险性也就越大。当管道内的压力不同时，对管道材质、安装质量、检验标准和运行管理的要求也不同。

1. 城镇燃气管道按燃气设计压力分类

城镇燃气管道按燃气设计压力 p 分为 7 级，并应符合表 2-2 的要求。

表 2-2　城镇燃气设计压力（表压）分级

名　称		压力 p/MPa
高压燃气管道	A	$2.5 < p \leqslant 4.0$
	B	$1.6 < p \leqslant 2.5$
次高压燃气管道	A	$0.8 < p \leqslant 1.6$
	B	$0.4 < p \leqslant 0.8$
中压燃气管道	A	$0.2 < p \leqslant 0.4$
	B	$0.01 \leqslant p \leqslant 0.2$
低压燃气管道		$p < 0.01$

2. 城市燃气管道按压力级别不同组合分类

城市燃气管道按压力级别的不同组合分类见表 2-3。城镇燃气管道系统见图 2-1。

表 2-3 城市燃气管道按压力级别的不同组合分类

压 力 级 别	组 合 形 式
一级系统	仅由低压或中压一种级别的管网分配和供给燃气的管网系统
二级系统	以中—低压或高—低压两种压力级别的管网组成的管网系统
三级系统	以低压、中压、高压三种压力级别组成的管网系统

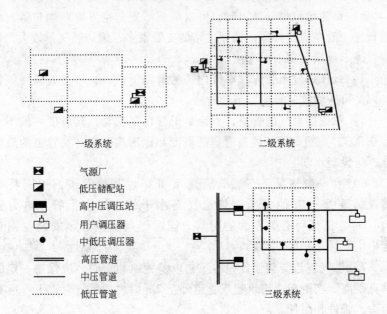

图 2-1 城镇燃气管道系统示意图

细节：城市燃气输配系统的组成

城市燃气输配系统主要由下列几部分构成：

1）低压、中压以及高压等不同压力的燃气管网。

2）城市燃气分配站或压送机站、调压站或区域调压室。

3）储气站。

4）电信与自动化设备，电子计算机中心。

细节：燃气管道的布置

1）高、中压燃气干管应靠近大型用户，尽量靠近调压站，以缩短支管长度。为保证燃气供应的可靠性，主要干线应连成环状。

2）城镇燃气管道应布置在道路下，尽量避开主要交通干道和繁华的街道，以减少施工难度和运行、维修的麻烦，并可节省投资。

3）街道敷设燃气管道时，可以单侧布置，也可以双侧布置。双侧布置一般在街道很宽，横穿道路的支管很多，输送燃气量较大，单侧管道不能满足要求时采用。

4）低压燃气干管应在小区内部的道路下敷设，可使管道两侧供气，又可兼做庭院管道，节省投资。

5）输送湿燃气的管道，不论是干管还是支管，其坡度一般不小于0.003。布线时最好能使管道的坡度和地形相适应，在管道的最低点，应设凝水器。

6）在一般情况下，燃气管道不得穿过其他管道，如因特殊情况需要穿过其他大断面管道（污水干管、雨水干管、热力管沟）时，需征得有关方面的同意，同时燃气管道必须安装在钢套管内。

7）燃气管道与其他各种构筑物以及管道相交时，应保持一定的垂直距离。在距相交构筑物或管道外壁2m以内的燃气管道上不应有接头、管件和附件。

8）如受地形限制燃气管道不能按规定深度进行埋设时，应采取行之有效的防护措施。通常采用的防护措施是将管道敷设在套管内。套管是比燃气管道稍大的钢管，直径一般大于100mm，其伸出长度，从套管端至与之交叉的构筑物或管道的外壁不小于1m，套管两端有密封填料，在重要套管的端部可装设检漏管。检漏管上端伸入防护罩内，由管口取气样检查套管中的燃气含量，以判明有无漏气及漏气的程度。

9）燃气管道在铁路、电车轨道和城市主要交通干线下穿过时，应敷设在套管或地沟内。

细节：钢管管材

钢管具有强度高、抗冲击、韧性和严密性好，便于焊接和易加工等优点，但耐腐蚀性差，需要有良好的防腐措施。在给水管道系统中，钢管一般作为大、中口径，高压力的输水管道，特别适应于地形复杂的地区。高压燃气管道必须使用钢管，中压燃气管道也大多用钢管。低压燃气管道通过主干道时，也要用钢管。钢管按制造方法可分为无缝钢管、卷焊钢管和水煤气管。

1. 无缝钢管

用优质碳素钢或低合金钢经热轧或冷拔加工而成，可用于各类等级压力的燃气管道，但其投资略高于直缝焊接钢管。连接方式多采用焊接，当与阀门连接时用法兰连接。

2. 卷焊钢管（又称焊接钢管）

卷焊钢管又分为螺旋缝卷焊钢管和直缝卷焊钢管，螺旋缝钢管的价格比钢板卷制的直缝钢管低廉，焊缝在管子上形成的线条也比直缝钢管均匀。

螺旋缝电焊钢管一般用 Q235 普通碳素钢或 Q345 低合金钢制造。它包括螺旋高频焊接钢管及螺旋埋弧自动焊接钢管两类，后者又可分为单面焊接和双面焊接。螺旋高频焊接钢管和螺旋单面焊接钢管一般用于工作压力不超过 2MPa、介质温度最高不超过 200℃，直径较大的室外煤气、天然气及凝结水管道。螺旋缝电焊钢管的外径有 219mm、245mm、273mm、325mm、377mm、426mm、529mm、630mm、720mm、820mm 几种规格，管壁厚度有 7mm、8mm、9mm、10mm 几种。管子规格的表示方法为外径 × 壁厚，如 $D529 \times 8$。

直缝卷制电焊钢管是用钢板分块卷制焊成，一般根据需要确定材质，由现场加工或委托加工厂加工，管子规格的表示方法为外径 × 壁厚，如 $D630 \times 8$，$D1220 \times 8$，$D1220 \times 10$。直缝卷制电焊钢管的常用规格见表 2-4。

钢板卷制直缝电焊钢管用于输送蒸汽、燃气、水、油品、油气以及其他类似介质。主要用于大直径低压管道。

表2-4　直缝卷制电焊钢管常用规格

公称通径 DN	外径 /mm	壁厚 /mm	每米重量 /kg	公称通径 DN	外径 /mm	壁厚 /mm	每米重量 /kg
150	159	4.5	17.15	500	530	6	77.30
		6	22.64			9	115.60
200	219	6	31.51	600	630	9	137.80
225	245	7	41.00			10	152.90
250	273	6	39.5	700	720	9	157.80
		8	52.3			10	175.09
300	325	6	47.2	800	820	9	180.00
		8	62.6			10	199.76
350	377	6	64.9	900	920	10	202.20
		9	81.6			12	224.41
400	426	6	62.1	1000	1020	9	224.40
		9	92.6			10	249.07
450	480	6	70.14	1200	1220	10	298.89
		9	104.5			12	357.47

3. 水煤气输送钢管

水、煤气输送主要采用低压流体输送用钢管，故常常将低压流体输送用钢管称为水煤气管。水煤气输送钢管按镀锌与否分为焊接钢管（黑铁管）和镀锌焊接钢管（白铁管）；按壁厚分为普通钢管和加厚钢管；按管端形式分为不带螺纹和带螺纹钢管。水煤气输送管道适用于介质温度不超过200℃、工作压力不超过1.0MPa（普通钢管）和1.6MPa（加厚钢管）的场合，管子规格用公称通径表示，表示方法为 DN + 尺寸（mm），例如 $DN50$ 表示内径为50mm 的钢管。水煤气输送钢管的尺寸规格见表2-5。

表2-5　低压流体输送钢管的规格（GB 3091—2001）

公称口径 /mm	公称外径 /mm	普通钢管		加厚钢管	
		公称壁厚 /mm	理论重量 /(kg/m)	公称壁厚 /mm	理论重量 /(kg/m)
6	10.2	2.0	0.40	2.5	0.47
8	13.5	2.5	0.68	2.8	0.74
10	17.2	2.5	0.91	2.8	0.99

（续）

公称口径 /mm	公称外径 /mm	普通钢管		加厚钢管	
		公称壁厚 /mm	理论重量 /(kg/m)	公称壁厚 /mm	理论重量 /(kg/m)
15	21.3	2.8	1.28	3.5	1.54
20	26.9	2.8	1.66	3.5	2.02
25	33.7	3.2	2.41	4.0	2.93
32	42.4	3.5	3.36	4.0	3.79
40	48.3	3.5	3.87	4.5	4.86
50	60.3	3.8	5.29	4.5	6.19
65	76.1	4.0	7.11	4.5	7.95
80	88.9	4.0	8.38	5.0	10.35
100	114.3	4.0	10.88	5.0	13.48
125	139.7	4.0	13.39	5.5	18.20
150	168.3	4.5	18.18	6.0	24.02

注：1. 表中的公称口径系近似内径的名义尺寸，不表示公称外径减去两个公称壁厚所得的内径。

2. 根据需方要求，经供需双方协议，并在合同中注明，可供表中规定以外尺寸的钢管。

水煤气钢管的配件主要用可锻铸铁（俗称玛钢或韧性铸铁）或软钢制造。管件按镀锌或不镀锌分为镀锌管件（白铁管件）和不镀锌管件（黑铁管件）两种。

管件按其用途可分为管路延长连接用配件（管箍、外接头）；管路分支连接用配件（三通、四通）；管路转弯用配件（90°弯头、45°弯头）；节点碰头连接用配件〔内外接头（补心）、异径管接头（大小头）〕；管路堵口用配件（丝堵、管堵头）。

水煤气管件的规格与管子相同，以公称直径 DN 表示。

细节：钢管安装

焊接钢管的连接方法有：螺纹连接、焊接及法兰连接，无缝钢管、不锈钢管的连接方式主要为焊接和法兰连接。

1. 钢管的螺纹连接与加工

螺纹连接也称丝扣连接。它是在钢管端部加工螺纹，然后拧上带内螺纹的管子配件，再和其他管段连接起来构成管路系统。螺纹连接常用于 $DN \leqslant 100$，$PN \leqslant 1MPa$ 的焊接钢管（水煤气管）的连接，见图2-2。

图 2-2　水煤气管配件

管子连接采用的管螺纹有圆锥形和圆柱形两钟。圆柱形管螺纹的螺纹深度及每圈的螺纹直径均相等。管子配件及螺纹阀门的内螺纹均为圆柱形螺纹，此种螺纹加工方便。圆锥形管螺纹的各圈螺纹直径不相等，从螺纹的端头到根部成锥台形。管子连接一般采用圆锥外螺纹与圆柱形内螺纹连接，简称锥接柱。这种连接方式丝扣越拧越紧，接口较严密，见图2-3。连接最严密的是锥接锥，一般用于严密性要求

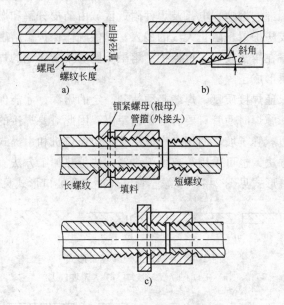

图 2-3 圆柱及圆锥管螺纹

a）圆柱管螺纹 b）圆锥管螺纹 c）长螺纹活接头

高的管路连接，如制冷管道与设备的连接。

管道螺纹的现场加工分手工加工和电动机械加工两种方法。螺纹的加工原理都是采用装在铰板上的四块板牙切削管外壁，从而产生螺纹。

管道螺纹连接一般要用填充材料，以增加管子接口的密封性。燃气管道连接时，不允许使用麻丝、铅油密封，防止铅油、麻丝在使用中干裂导致漏气，应采用聚四氟乙烯胶带作螺纹接口的填充料。

2. 钢管焊接

焊接是钢管连接的主要形式，它是将管子接口处加热，使金属达到熔融状态，从而使两个被焊件连接在一起。焊接的方法主要有焊条电弧焊、气焊、手工氩弧焊、埋弧自动焊、接触焊等。当焊接中碳钢和低合金钢（Q345）时，应做焊前预热和焊后热处理。预热温度应在150℃以上，热处理温度为590～680℃。

（1）焊条电弧焊 焊条电弧焊是一种手工操作的焊接方法，它是由焊条和焊件之间建立电弧产生热量进行焊接的。

焊条端部、熔池、电弧及焊件附近区域由药皮分解和燃烧所产生的气体形成防护罩，阻止大气的侵入，提供气体保护。熔融的药皮形成熔渣覆盖在熔池表面，也保护了熔融金属。不断熔化的焊芯则提供了填充金属形成了焊缝。

为了保证焊接质量，焊缝必须达到一定的熔深，才能保证焊缝的抗拉强度。施焊时两管口要有一定的距离，因此对要焊接的管口切割坡口和钝边。管子坡口的加工宜采用管子切坡口机和手提式砂轮磨口机等机械方法，也可采用等离子弧、氧乙炔等热加工方法。等厚管子主要的坡口形式见图2-4，不等厚管道焊件主要坡口形式见图2-5。

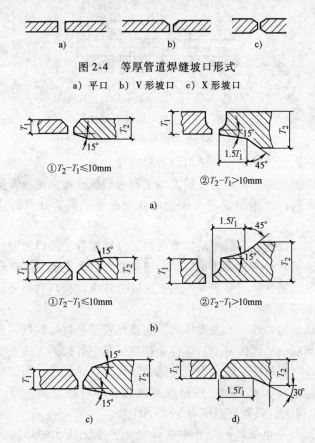

图 2-4　等厚管道焊缝坡口形式

a）平口　b）V形坡口　c）X形坡口

图 2-5　不等厚管道焊件的坡口

（2）气焊 气焊是用氧、乙炔的混合气体燃烧进行焊接，燃气的燃烧温度可达到 3100～3300℃，工程上借助这个化合过程所放出的高温化学热熔化金属进行焊接。气焊一般适用于 $DN < 50mm$、壁厚小于 3.5mm 的碳素钢管，有时因条件的限制，对不能采用电焊焊接的地方，可以用气焊焊接 $DN > 50mm$ 的管道。

3. 钢管的法兰连接

法兰是管口上的带螺栓孔的圆盘。法兰连接严密性好，安装拆卸方便，用于需要检修或定期清理的阀门、管路附属设备与管子的连接，法兰的形式见图 2-6，法兰的连接见图 2-7。法兰的螺纹连接，适用于钢管与铸铁法兰的连接，或镀锌钢管与铸钢法兰的连接；平焊法兰、对焊法兰与管子连接，均采用焊接。中、低压燃气管道一般采用平焊法兰。法兰连接一般用在管道连接阀门、水泵、水表等处，以及需要经常拆卸、检修的管段上。$DN \leq 100mm$ 的镀锌钢管采用螺纹连接，$DN > 100mm$ 的镀锌钢管采用焊接、法兰连接。法兰连接必须加垫片，以保障管口的严密性，垫片的形式见图 2-8。法兰垫片厚度

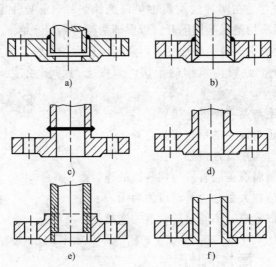

图 2-6　法兰的几种形式

a)、b) 平焊法兰　c) 对焊法兰　d) 碳钢法兰

e) 铸铁螺纹法兰　f) 翻边松套法兰

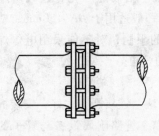

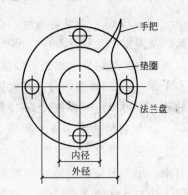

图 2-7　法兰连接　　　　　　　图 2-8　法兰垫片

一般为 2 ~ 3mm，垫片材质根据管内流体介质的性质或同一介质在不同温度和压力条件下选用。当输送焦炉煤气时，用石棉橡胶垫片，输送液化石油气或天然气时，常用耐油橡胶垫片，以防止介质侵蚀垫片破坏管道的气密性。法兰垫片应符合标准，不允许使用斜垫片或双层垫片。

绝缘法兰是在两片法兰盘中垫以绝缘垫片，螺栓上套有绝缘套管，螺栓两头用绝缘垫圈隔开，以保证法兰两侧相互绝缘。在管道的某些位置上需要安装绝缘法兰，以切断阴极保护电流，防止电流的流失及对非保护金属构筑物的干扰。原则上绝缘法兰应安装在以下部位：

1）管道与站、库的连接处。

2）管道与设备的所有权分界处。

3）支管与干管连接处。

4）有防腐覆盖层管段与裸管道的连接处。

5）管道在大型穿、跨越段的两端。

6）新旧管道、不同材质管道的连接处。

细节：管件制作

钢管道的管件按制作方法分为两类：压制法、热揻弯法及管段预制法制成的无缝管件，用管段或钢板焊接制成的焊接管件。常用的钢管件主要有：弯头、三通、同心异径管、偏心异径管等。

1. 模压弯头（压制弯）

模压弯头又称压制弯。它是根据一定的弯曲半径制成模具，然后将下好料的钢板或管段放入加热炉中加热至 900℃ 左右，取出放在模具中用锻压机压制成形。用板材压制的为有缝弯头，用管段压制的为无缝弯头。目前，模压弯头已实现了工厂化生产，不同规格、不同材质、不同弯曲半径的模压弯头都有产品，它具有成本低、质量好等优点，已逐渐取代了现场制作各种弯头，广泛地用于管道安装工程中。

2. 焊接弯头

当管径较大、弯曲半径较小时，可采用焊接弯管（俗称虾米弯）。大直径的卷焊管道，一般都采用焊接弯头。

焊接弯头的节数及尺寸计算

焊接弯头是由若干节带有斜截面的直管段焊接而成的，每个弯头有两个端节和若干个中间节（如图 2-9）。中间节两端带斜截面，端节一端带斜截面，长度为中间节的一半。每个弯头的节数不应少于表 2-6 所列的节数。

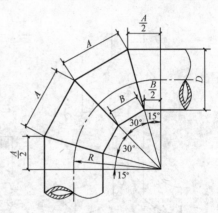

图 2-9　焊接弯头

表 2-6　焊接弯头的最少节数

弯曲角度	节　数	其　中	
		中　间　节	端　节
90°	4	2	2
60°	3	2	2
45°	3	1	2
30°	2	0	2

$DN > 400mm$ 的焊接弯头，一般用钢板卷制。$DN < 400mm$ 的焊接弯头，可根据设计要求用焊接钢管或无缝钢管制作。

3. 焊接三通制作

（1）**同径弯管三通** 俗称裤衩管，它是用两个 90°弯管切掉外臂处半个圆周管壁，然后将剩下两个弯管焊接起来，成为同径三通，见图 2-10。

（2）**直管三通** 它分同径正三通和异径正三通，见图 2-11。制作前按两个相贯的圆柱面画展开图，展开图一般画在油毡或厚纸上称作样板。将样板围在管上画线，然后切割下料。最后将三通支管和主管焊接起来，施焊时应采取分段对称焊接。

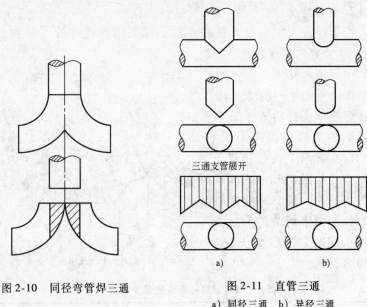

图 2-10 同径弯管焊三通

图 2-11 直管三通
a）同径三通 b）异径三通

4. 变径管制作

变径管俗称大小头，又称渐缩管或渐扩管，变径管分为同心变径和偏心变径两种，用于大直径管和小直径管连接，减小阻力损失。

（1）**焊接变径管** 又称抽条变径管。制作变径管时只允许用大直径管做成渐缩口，不允许用小直径的管子扩大，以保证变径管强度。

同心变径管指变径管的大头和小头的圆截面的圆心在同一管轴线上的变径管，如图 2-12a 所示。偏心变径管指变径管大头和小头圆截

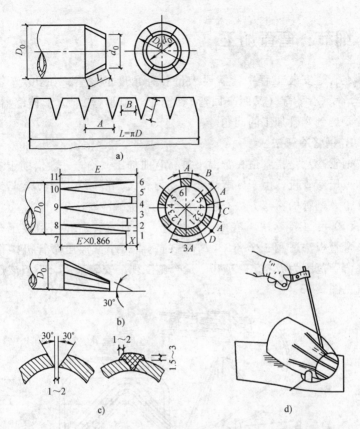

图 2-12 焊制变径管

a) 同心变径 b) 偏心变径 c) 焊接坡口 d) 焊接操作

面的圆心不在同一管轴线上的变径管，如图 2-12b 所示。抽条变径管按图示抽条下料完毕后，加热余下的部分，用手锤拍打成减缩管。最后将各片焊接起来即成。

（2）缩口变径管 又称撖制变径管。适用于小口径变径管或变径不大时的变径管管件制作。缩口时需将管子加热，当加热变红后用手锤捻打而成。

（3）卷制变径管 对于管径较大的变径管一般采用钢板卷制。根据变径管的高度及两端管径画出展开图，制成样板后下料，将扇形板料加热后撖制焊接即可。

细节：弯管加工

在管道安装工程中，需要大量各种角度的弯管，如 90°弯管和 45°弯管、乙字弯（又叫来回弯）、抱弯（弧形弯）、方形伸缩器等，经常要遇到弯管加工的问题。

1. 钢管冷弯法

钢管冷弯是指管道在常温下进行弯曲加工。冷弯一般借助于弯管器和液压弯管机，由于冷弯法耗费动力较大，所以常用于 $D \leqslant 175\text{mm}$ 的管道。钢管的冷弯方法有手工冷弯法和机械冷弯法。

（1）手工冷弯法　有弯管板揻弯、滚轮弯管器和小型液压弯管机。弯管板法适用于 $DN15 \sim DN20$ 的钢管，小型液压弯管机操作省力，弯管范围为 $DN15 \sim DN40$，适合施工现场安装采用。小型液压弯管机见图 2-13。

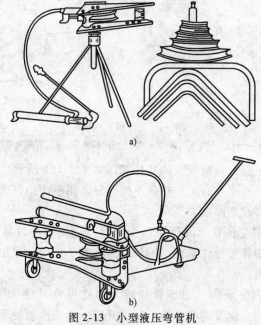

a)

b)

图 2-13　小型液压弯管机

a）三角架式　b）小车式

（2）机械冷弯法　有无芯冷弯弯管机和有芯冷弯弯管机。

1）无芯冷弯弯管机：无芯弯管法是指钢管揻弯时既不灌砂也不加入芯棒进行揻弯。无芯弯管机适用于焊接、无缝、镀锌钢管和有色金属管冷弯，且 $DN \leqslant 100mm$ 以下的管道。

2）有芯冷弯弯管机：有芯冷弯弯管机的特点是在管子弯曲段加入芯棒，芯棒的外径比管内径小 $1 \sim 1.5mm$，在揻弯时它可随着管子弯曲或移动，防止管子在弯曲时被压扁。使用的芯棒有两种，单件芯棒头和两块或三块部件组合的芯棒头。有芯弯管机可加工的最大管径为325mm，可适用于焊接钢管、无缝、不锈钢管及有色金属管等。

2. 钢管热揻弯

钢管冷弯适宜于中小管径和弯曲半径较大的管子。对于大直径管子的弯曲加工，采用冷弯时需要的动力很大，而且质量也不易保证，故常采用热揻弯。

热揻弯是指将钢管加热到一定温度后，利用钢材的塑性增强、机械强度降低的特性，使用较小的动力，将管道弯曲成所需的形状。

（1）管子灌砂热揻弯　管子揻弯时，在管内灌砂，以防止管子弯曲段的断面变形，同时砂子的蓄热能力更有利于弯管操作。灌砂热揻弯需要场地大，工作效率低，操作麻烦，劳动强度大，质量不易保证，所以现在逐步被中频弯管机弯管所取代。

（2）中频弯管机（图2-14）　中频弯管机是采用电感应圈，通过

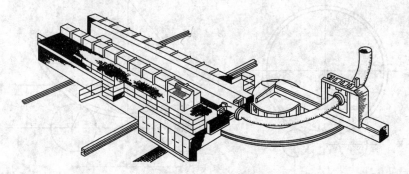

图2-14　中频弯管机

感应圈的电流交变，感应圈对应处的管壁中就相应产生感应涡流，使电能转变为热能，对管子的弯曲部分分段加热，采取边加热边撅弯，直至达到所需要的角度。管子在涡流电的热效应作用下，加热宽度一般为 15～20mm，形成一个红色的环带，俗称"红带"，当红带温度达到 900℃ 时，就对红带进行微撅弯，受热带经过撅弯后立刻喷水冷却，使撅弯总是控制在红带以内，如此反复，前进一段，加热一段，微撅弯一段，冷却一段，即可弯成所需要的弯管，整个过程通过自控系统连续进行。

细节：钢板卷管制作

大直径低压输送钢管一般采用钢板卷制的卷焊钢管，现场制作的为直缝卷焊钢管。卷焊钢管单节管长一般为 6～8m。管线中各种零件也用钢板卷制拼装焊接制成。

卷制钢管时，先在钢板上画线，确定管子在钢板上被切割的外形。画线时，要考虑切割与机械加工的余量。为了提高划线速度，对小批量的管子可以采取在油毡或厚纸板上画线，剪成样板，再用此样板在钢板上画线。

钢板毛料采用各种剪切机、切割机剪裁，但施工现场多采用氧乙炔气切割，氧乙炔气切割面不平整，还需用砂轮机或风铲修整。

图 2-15　三轴卷板机示意图

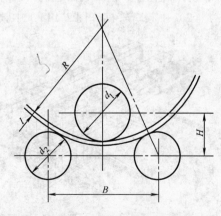

图 2-16　滚弯各项参数示意图

钢板毛料在卷圆前，应根据壁厚进行焊缝坡口加工。毛料一般采用三辊对称式卷板机滚弯成圆。滚弯后的曲度取决于滚轴的相对位置、毛料的厚度和力学性能。在实际卷圆的操作中，一般是采取逐渐调整滚轴的相对位置值，以达到所要求的卷圆半径，见图 2-15 和图 2-16。

钢板在三辊卷板机上卷圆时，板边可在弧形垫板上预弯，以避免首尾两端因卷板机上滚不到而成直线段，见图 2-17。管子卷圆后焊接和堆放时，可用米字形活动支撑撑于管内，并校正弧度误差，见图 2-18。

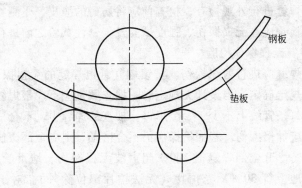

图 2-17 垫板消除直线段

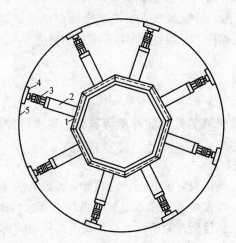

图 2-18 米字形支撑

1—箱形梁 2—管套 3—螺旋千斤顶 4—弧形衬板 5—钢管

管子卷圆后的焊接方法有焊条电弧焊、手工氩弧焊和自动埋弧焊等。

细节：钢管道的焊缝检验

1. 焊缝外观检查

施焊前应检查坡口形式及坡口精度、组对要求（包括对口间隙、错边量等）、坡口及坡口两侧表面的清理是否符合焊接工艺要求。焊后必须对焊缝进行外观检查，检查前应将妨碍的渣皮、飞溅物清理干净。外观检查应在无损探伤、强度试验及气密性试验之前进行。

2. 焊缝无损探伤检验

管道焊缝应进行射线探伤。城镇燃气管道焊缝的无损探伤数量，应按设计规定确定。当设计无规定时，抽查数量应不少于焊缝总数的15%，且每条管线上不少于一个焊口。抽查的焊缝中，不合格者超过30%，则应加倍探伤。若加倍探伤仍不合格者，则应全部探伤。中压B级天然气管道全部焊缝需100%超声波无损探伤、地下管100% X光拍片、地上管30% X光拍片（无法拍片部位除外）。对于穿过铁路、公路、河流、城市主要道路及人口稠密地区的管道焊缝，均必须100%的无损探伤。长输燃气管道要求全部焊缝逐条进行无损探伤：如100%超声波探伤，并应做5%的射线探伤复查。

细节：铸铁管

铸铁管分为普通铸铁管和球墨铸铁管，其规格常用公称直径表示，如 $DN200$。

1. 普通铸铁管

普通铸铁管是用灰铸铁铸造，它对泥土、浓硫酸等的耐腐蚀性较好，所以常用于埋在地下的给水总管、燃气总管、污水管或料液管。由于铸铁性脆、强度低、紧密性差，因此不能用在较高的压力下输送爆炸性、有毒害的介质，更不能用在蒸汽管路上。灰口铸铁管是过去使用较广泛的一种给水管材，由于该管材质地较脆，抗震动和冲击能力较差，我国近年来已逐步淘汰。在燃气发展初期，地下燃气管道多采用铸铁管，近来燃气管道多用钢管。

2. 球墨铸铁管

球墨铸铁管属于柔性管，是近十几年来引进和开发的一种管材，具有强度高、韧性大、抗腐蚀能力强的特点。球墨铸铁管管口之间采用柔性接头，且管材本身具有较大的延伸率，使管道的柔性较好，在埋地管道中能与管周围的土体共同工作，改善了管道的受力状态，提高了管网的可靠性，因此得到了越来越广泛的应用。

3. 铸铁管道连接

铸铁管按连接方式，可分为承插式和法兰式，常用的是承插式。承插式铸铁管按接口形式和使用材料不同分为石棉水泥接口、膨胀水泥接口、青铅接口、橡胶圈接口、机械接口，石棉水泥接口和膨胀水泥接口为刚性接口，青铅接口和橡胶圈接口为柔性接口，接口的结构组成见图 2-19。图 2-20 为燃气铸铁管的机械接口。这种接口具有接口严密、柔性好、抵抗外界震动及挠动的能力强、施工方便等特点。接口形式有 N1 型和 S 型两种。N1 型接口是管子一端为带有法兰盘的

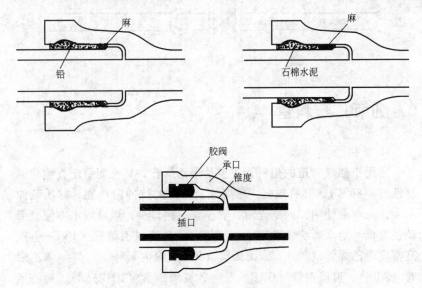

图 2-19　承插铸铁管的几种传统接口形式

承口，另一端为插口。在承插口的环形间隙中填入一个塑料支撑圈与一个密封胶圈，用螺栓将压兰与承口法兰连接紧固。压紧胶圈而使接口严密。S型接口与 N1 型接口的不同之处是 S 型接口插口端有一凹槽，槽内放一个钢制支撑圈，使连接的管道保

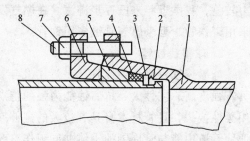

图 2-20　S 型机械接口铸铁管接口连接
1—承口　2—插口　3—钢制支撑圈　4—隔离胶圈
5—密封胶圈　6—压兰　7—螺母　8—螺栓

持同心度及均匀的接口间隙，并可防止管道拔出。接口环形间隙中多一道隔离胶圈，可阻挡燃气侵蚀密封胶圈，故有良好可靠的严密性。

　　球墨铸铁管的接口填料为橡胶圈，橡胶圈的形状与管材配套。承插式铸铁管在分支或与阀门的连接处采用配件相连，与阀门相连时应用带法兰的管件（短管甲和短管乙），见图 2-21。

图 2-21　承插铸铁管与法兰阀门连接

细节：塑料管

1. 管材

　　适用于燃气管道的塑料管主要是聚乙烯管，其性能稳定，脆化温度低（–80℃），具有质轻、耐腐蚀及良好的抗冲击性能，材质延伸率大，可弯曲使用，内壁光滑，管子长，接口少，运输施工方便，劳动强度低。给水系统中常用的塑料管有硬质聚氯乙烯管（PVC—U）、高密度聚乙烯管（PE）、聚丙烯管（PP）、聚丙烯—丁二烯—苯乙烯管（ABS）、玻璃钢管（GRP）及夹砂玻璃钢管（RMP）等。聚乙烯燃气管道分 SDR11 和 SDR17.6 两种系列。SDR11 系列宜用于输送人

工煤气、天然气、液化石油气（气态）；SDR17.6系列宜用于输送天然气。聚乙烯燃气管道的最大允许工作压力应符合表2-7的规定，管道连接应采用电熔连接或热熔连接，不得采用螺纹连接和粘接。聚乙烯燃气管道只作埋地管道使用，严禁用做室内或地上管道。

表2-7　聚乙烯燃气管道最大工作压力　（单位：MPa）

燃气种类	最大允许工作压力	
	SDR11	SDR17.6
天然气	0.400	0.200
液化石油气(气态)	0.100	—
人工煤气	0.005	—

注：SDR为标准尺寸比，即公称外径与壁厚之比。

近年来，塑料管已广泛用于排水管道，特别是PVC—U管应用较多。PVC—U双壁波纹管是以聚氯乙烯树脂为主要原料，经挤出成形的内壁光滑，外壁为梯型波纹状肋，内壁和外壁波纹之间为中空的异型管壁管材。管材重量轻，搬运、安装方便。双壁波纹管采用橡胶圈承插式连接，施工质量易保证，由于是柔性接口，可抗不均匀沉降。一般情况下不需做混凝土基础，管节长，接头少，施工速度快，见图2-22。

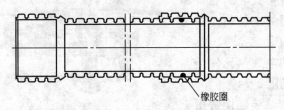

橡胶圈

图2-22　双壁波纹管

在大口径排水管道中，已开始应用玻璃钢夹砂管。玻璃钢夹砂管具有重量轻、强度高，耐腐蚀、耐压、使用寿命长，流量大、能耗小，管节长（可达12m），接头少的特点，使用橡胶圈连接，一插即可，快速可靠，综合成本低。

2. 塑料管道连接

塑料管焊接连接按焊接方法分为热风焊接和热熔压焊接（又称

对焊和接触焊接），按焊口形式分有承插口焊接、套管焊接、对接焊接，焊接适用于高、低压塑料管连接。

热风焊接是用过滤后的无油、无水压缩空气，经塑料焊枪中的加热器加热到一定温度后，由焊枪喷嘴喷出，使塑料焊条和焊件加热呈熔融状态而连接在一起。塑料焊枪一般选用电热焊枪。焊枪喷嘴直径接近焊条直径，塑料焊条的化学成分与焊件成分应一致，特别是主要成分必须相同。

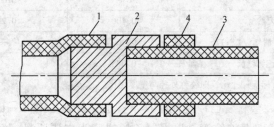

图 2-23　塑料管承插对接焊

1—承口　2—加热元件　3—平口管端　4—夹环（限位用）

热熔压焊接是利用电加热元件所产生的高温，加热焊件的焊接面，直至熔稀翻浆，然后抽去加热元件迅速压合，冷却后即可牢固连接。热熔压焊接有对接和承插焊接两种形式。承插口焊接连接采用的电加热元件是承插模具（图 2-23），管子对焊采用的电加热元件是电加热盘，见图 2-24。

塑料管粘接连接常用于承插口粘接，接口强度较

图 2-24　塑料管热熔对焊

高。首先，需将管子一端扩张成承口，然后将管子粘接口污物去掉，用砂纸打磨粗糙，均匀地将胶粘剂涂刷到粘合面上，将插口插入承口内即可，承插口之间应结合紧密，间隙不得大于 0.3mm。

3. 聚乙烯燃气管道安装

1）中压聚乙烯燃气管道干管上，应设置分段阀门，并应在阀门两侧设置放散管；中压聚乙烯燃气支管起点也应设置阀门；低压聚乙

烯燃气管道可不设置阀门。阀门宜设置在阀门井内。

2）聚乙烯燃气管道不宜直接引入建筑物内或直接引入附属在建筑墙上的调压箱内。当直接用聚乙烯燃气管道引入时，穿越基础或外墙以及地上部分的聚乙烯燃气管道必须用硬质套管保护。

3）聚乙烯燃气管道不宜直接穿越河底。聚乙烯燃气管道敷设时，宜随管道走向埋设金属示踪线；距管顶不小于 300mm 处应埋设警示带。埋设示踪线是为了管道测位方便，精确地描绘出聚乙烯燃气管道的走线。目前常用的示踪线有两种，一种是裸露金属线，另一种是带有塑料绝缘层的金属线。它们的工作原理都是通过电流脉冲感应，利用探测系统进行检测。警示带是为了提醒以后施工时，下面有聚乙烯燃气管道，小心开挖，避免损坏燃气管道。

试验与吹扫。聚乙烯燃气管道系统安装完毕，在外观检查合格后，应对全系统进行分段吹扫。吹扫合格后，方可进行强度试验和严密性试验。在强度试验时，使用肥皂液或洗涤剂检查是否漏气，并在检查完毕后，及时用水冲去检漏的肥皂液或洗涤剂。吹扫和试验介质宜用压缩空气，其温度不宜超过 40℃。聚乙烯燃气管道的强度试验压力应为管道设计压力的 1.5 倍。中压管道不得小于 0.3MPa；低压管道不得小于 0.05MPa。聚乙烯燃气管道进行强度试验时，应缓慢升压，达到试验压力后，稳压 1h，不降压为合格。

细节：无缝钢管的重量计算

管道工程中使用的无缝钢管，采用外径乘以壁厚的形式表示管子的规格。其管重（质量）的计算公式如下：

$$质量 = \rho V \tag{2-1}$$

式中 ρ——钢管的密度（kg/m^3）；

    V——管壁的体积（m^3）。

细节：弯头的种类

常见的弯头有以下几种：

名　　称	介　　绍
玛钢弯头	也称锻铸铁弯头,这种玛钢管件,主要用于采暖,上下水管道和燃气管道上,在工艺管道中,除了要经常拆卸的管道外,其他物料管道上很少使用。玛钢弯头的规格很小,常用的规格范围为 1/2～4in,按其不同的表面分镀锌和不镀锌两种
铸铁弯头	按其连接方式分为承插口式和法兰连接两种
压制弯头	压制弯头也称为冲压弯头或无缝弯头,是用优质碳素钢、不锈耐酸钢和低合钢无缝管在特制的模具内压制成形的。其弯曲半径为公称直径的一半 $(r=1.5DN)$,在特殊场合下也有一倍的 $(r=1.0DN)$。其规格范围在公称直径 200mm 以内。其压力范围,常用的为 4.0MPa、6.4MPa 和 10MPa。压制弯头都是由专业制造厂和加工厂用标准无缝钢管冲压加工而成的标准成品,出厂时弯头两端应加工好坡口
冲压焊接弯头	冲压焊接弯头是采用与管材相同材质的板材用冲压模具冲压成半块环形弯头,然后将两块半环形弯头进行组对焊接成形。由于各类管道的焊接标准不同,通常是按组对点固的半成品出厂,现场施工根据管道焊缝等级进行焊接,因此,也称为半焊接弯头。其弯曲半径同无缝管弯头,规格范围为公称直径 200mm 以上,公称压力为 4.0MPa 以下
焊接弯头	焊接弯头也公称虾米腰或虾体弯头。制作方法有两种:一种是在加工厂用钢板下料,切割后卷制焊接成形,多数用于钢板卷管的配备;另一种是用管材下料,经组对焊接成形,其规格范围一般在 200mm 以上,使用压力在 2.5MPa 以下,温度不能大于 200℃,一般在现场施工时制作

细节：钢质管道及管件的防腐

1）管道防腐层的预制、施工过程中所涉及到的有关工业卫生和环境保护，应符合现行国家标准《涂装作业安全规程　涂装前处理工艺安全及其通风净化》（GB 7692—1999）的规定。

2）管材防腐宜统一在防腐车间（场、站）进行。

3）管材及管件防腐前应逐根进行外观检查和测量，并应符合下列规定：

① 钢管弯曲度应小于钢管长度的 0.2%，椭圆度应小于或等于钢

管外径的 0.2%。

② 焊缝表面应无裂纹、夹渣、重皮、表面气孔等缺陷。

③ 管材表面局部凹凸应小于 2mm。

④ 管材表面应无斑疤、重皮和严重锈蚀等缺陷。

4）防腐前应对防腐原材料进行检查，有下列情况之一者，不得使用：

① 无出厂质量证明文件或检验证明。

② 出厂质量证明书的数据不全或对数据有怀疑，且未经复验或复验后不合格。

③ 无说明书、生产日期和储存有效期。

5）防腐前钢管表面的预处理应符合国家现行标准《涂装前钢材表面预处理规范》（SY/T 0407—1997）和所使用的防腐材料对钢管除锈的要求。

6）管道宜采用喷（抛）射除锈。除锈后的钢管应及时进行防腐，如防腐前钢管出现二次锈蚀，必须重新除锈。

7）各种防腐材料的防腐施工及验收要求，应符合下列国家现行标准的规定：

①《城镇燃气埋地钢质管道腐蚀控制技术规程》（CJJ 95—2003）。

②《埋地钢质管道石油沥青防腐层技术标准》（SY/T 0420—1997）。

③《埋地钢质管道环氧煤沥青防腐层技术标准》（SY/T 0447—1996）。

④《埋地钢质管道聚乙烯胶粘带防腐层技术标准》（SY/T 0414—2007）。

⑤《埋地钢质管道煤焦油瓷漆外防腐层技术标准》（SY/T 0379—1998）。

⑥《钢质管道单层熔结环氧粉末外涂层技术规范》（SY/T 0315—2005）。

⑦《埋地钢质管道聚乙烯防腐层技术标准》（SY/T 0413—2002）。

⑧《埋地钢质管道阴极保护技术规范》（GB/T 21448—2008）。

8）经检查合格的防腐管道，应在防腐层上标明管道的规格、防腐等级、执行标准、生产日期和厂名等。

9）防腐管道应按防腐类型、等级和管道规格分类堆放，需固化的防腐涂层必须待防腐涂层固化后堆放。防腐层未实干的管道，不得回填。

10）做好防腐绝缘涂层的管道，在堆放、运输、安装时，必须采取有效措施，保证防腐涂层不受损伤。

11）补口、补伤、设备、管件及管道套管的防腐等级不得低于管体的防腐层等级。当相邻两管道为不同防腐等级时，应以最高防腐等级为补口标准。当相邻两管道为不同防腐材料时，补口材料的选择应考虑材料的相容性。

细节：燃气管道气密性试验

1）直埋地下燃气管道在进行气密性试验前，宜先回填土至管顶0.5m 以上为宜。

2）在试验前，先向管内充气至试验压力，保持一定时间，达到温度、压力稳定后进行。

3）试验压力值遵守下列规定：

① 设计压力 $p \leqslant 5\text{kPa}$ 时，试验压力为 20kPa。

② 设计压力 $p > 5\text{kPa}$ 时，试验压力为设计压力的 1.15 倍，但不小于 100kPa。

4）燃气管道的气密性试验时间为 24h，压力降不超过以下计算结果，即为合格：

① 设计压力为 $p \leqslant 5\text{kPa}$ 时：

同一管径：$\Delta p = 40T/d$

不同管径：$\Delta p = \dfrac{40T(d_1 l_1 + d_2 l_2 + \cdots + d_n l_n)}{d_1^2 l_1 + d_2^2 l_2 + \cdots + d_n^2 l_n}$

② 设计压力为 $p > 5\text{kPa}$ 时：

同一管径：$\Delta p = 6.47T/d$

不同管径：$\Delta p = 6.47 \dfrac{T(d_1 l_1 + d_2 l_2 + \cdots + d_n l_n)}{d_1^2 l_1 + d_2^2 l_2 + \cdots + d_n^2 l_n}$

式中　　Δp——允许压力降（Pa）；

　　　　T——试验持续时间（h）；

　　　　d——管段内径（m）；

d_1、$d_2 \cdots d_n$——各管段内径（m）；

l_1、$l_2 \cdots l_n$——各管段长度（m）。

③ 试验实测的压力降，应根据在试验期间管内温度和大气压的变化按下式修正：

$$\Delta p' = (H_1 + B_1) - (H_2 + B_2)\frac{273 + t_1}{273 + t_2} \qquad (2\text{-}2)$$

式中　$\Delta p'$——修正压力降（Pa）；

H_1、H_2——试验开始和结束时的压力计读数（Pa）；

B_1、B_2——试验开始和结束的气压计读数（Pa）；

t_1、t_2——试验开始和结束时的管内温度（℃）。

计算结果 $\Delta p' \le \Delta p$ 即为合格。

5）调压器两端的附属设备及管道应分别按其设计压力进行气密性试验，合格后将调压器与管道连接，涂肥皂水检查，不漏气为合格。

细节：管道压力试验

试压是指管道安装完毕以后，检查管道承受压力情况和各个连接部位的气密性，对管道进行系统强度试验和气密性试验。管道压力试验分液压试验和气压试验两种。

1. 液压试验

一般都用清洁水作试验。

安装的试验用临时注水、排水管线，在试验管道系统的最高点和管道末端安装排气阀，在管道的最低处安装排水阀，压力表应安装在最高点。试验压力以此为准。

管道上已安装好的阀门及仪表，如不允许与管道同时进行水压试验时，应先将阀门和仪表拆下来，阀门所占长度用临时短管连通，管道与设备相连接的法兰中间要加盲板，使整个试验的管道成封闭状态。

向管内注水，注水时要打开排水阀，当发现管道末端的排水阀流水时，立即把排水阀关好。等安全系统管道最高点的排气阀也见到流水时，说明水已经全系统注满，把最高点的排气阀关闭，对全管道进行检查。如果没有明显的漏水现象就可升压，升压时应缓慢进行，达到规定的试验压力以后，停压 10min，经检查无泄漏，目测管道无变形为合格。

试验合格的管道把管内的水放掉。放水以前先打开最高点的排气阀，再打开排水阀，把水放入排水管道。最后拆除试验临时管道和连通管，拆下的阀门及仪表复位，写好管道系统试验记录。

2. 气压试验

可分两种情况。一种是用于输送气体介质管道的强度试验；一种用于输送液体的严密性试验。气压试验所用的气体为压缩空气或惰性气体。

使用气压作管道强度试验时，其压力应逐渐缓升。当压力升到规定试验压力一半时，应暂停升压，对管道作一次全面检查，如无泄露或其他异常现象，可继续按规定试验压力的 10% 逐级升压。每升一级要稳定 5min，一直到规定的试验压力，再稳定 5min，经检查无泄漏现象无变形为合格。

使用气压作管道严密性实验时，应在气压强度试验以后进行。若是气压强度和气压严密性试验相结合进行时，可以节省很多时间，其做法是：当气压强度合格后，将管道系统的气压降至设计压力，然后用肥皂水涂刷管道所有焊缝和接口，如果没有发现气泡现象，说明无泄漏，再稳定半小时，如压力不下降，则气密性合格。

细节：供热管道水压试验

管道水压试验应符合下列要求：

1）被试验管道上的安全阀、爆破片已拆除，加盲板处有明显的标记并作了记录，阀门全开，填料密实。

2）管道中的空气已排净。

3）升压应缓慢、均匀。

4）环境温度低于5℃时，应有防冻措施。

5）地沟管道与直埋管道已安装了排除试验用水的设施。

6）试验管道与运行中的管道已用堵板隔断，试验压力所产生的推力不会影响运行管道的正常运行。

（注：当运行管道与被试验管道之间的温差大于100℃时，应考虑传热量对试验的影响。）

7）堵板应经计算，并焊接可靠。

细节：常用脱脂剂

常用的脱脂剂有二氯乙烷、三氯乙烯、四氯化碳、95%乙醇、98%的浓硫酸、碱性清洗剂等。

二氯乙烷	为无色或淡黄色透明液体，臭氯仿气味，微溶于水，溶于各种有机溶剂，闪点为21℃，为一级易燃性液体，与空气接触形成爆炸性混合物，与氧化剂接触易引起燃烧。对人有剧毒。对黑色金属略有腐蚀性，适用于金属部件脱脂
三氯乙烯	为无色透明液体，氯仿味，易流动，易挥发，溶脂能力比汽油大，在15℃时大4倍，在50℃时大7倍。无燃烧性，不能与空气形成可爆炸性混合气体，但有一定毒性和麻醉作用。它与开放性火焰接触时产生光气，有剧毒。对金属无腐蚀性，适用于金属部件。在现场施工大量脱脂时，须在清洗机内将它加热汽化，进行气相脱脂。在安装工程中，常用作液体清洗剂
四氯化碳	为无色透明液体，有特殊香味，微溶于水。它不但不会燃烧，而且还可作灭火剂使用。它也有毒，与火花接触产生光气时，有剧毒。对有色金属略有腐蚀性，适用于金属和非金属部件的脱脂
95%乙醇	为无色、透明状、易挥发，为一级易燃液体，易溶于水，与空气混合接触火花时，即引起燃烧燃爆，与浓硝酸、氧化剂（铬酸酐）接触也能引起自燃。其脱脂性能较差，适用于脱脂要求不高的设备和管路

（续）

98%的浓硝酸	无色透明或稍带黄色发烟液体，是一种强氧化剂。它对金属有腐蚀性，用于浓硝酸装置的部分管件及瓷环等的脱脂，因为这些装置是不能用其他溶剂脱脂的
碱性清洗剂	碱性清洗剂成本较低，也可用于脱脂要求不高的部件和管道（如只接触低压氧气的管道）

细节：室外燃气管道吹洗

室外燃气管道吹洗的要求如下：

1）吹洗应有足够的压力，但吹洗压力不得大于设计压力。

2）吹洗应有足够的流量，以保证吹洗流速不小于20m/s。

3）吹洗顺序应从大管到小管，从干管到支管。

4）吹洗时，可用锤子敲打管道，对焊缝、弯头、死角、管底等部位应重点敲打，但不得损伤管子及防腐层。

5）吹洗应反复进行数次，直至在要求的吹洗流速下，管道内无杂物的碰撞声，在排气口用白布或涂有白漆的靶板检查，5min内白布或靶板上无铁锈、尘土、水分及其他污物或杂质，则吹洗合格。

6）吹洗结束后应将所有暂时加以保护或拆除的管道附件、设备、仪表等复位安装合格。

7）吹洗合格后，应用盲板或堵板将管道封闭，除必须的检查及恢复工作外，不得再进行影响管道内清洁的其他作业。

细节：燃气与集中供热工程预算定额换算

1. 管道安装

1）定额中各种燃气管道的输送压力按中压B级及低压考虑。如安装中压A级燃气管道和高压燃气管道，人工定额乘以1.3。碳钢管道管件安装均不再调整。

2）铸铁管安装按N1和X型接口考虑的，如采用N型和SMJ型人工定额乘以1.05。

2. 管件制作、安装

异径管件安装以大口径为准，中频揻弯不包括揻制时胎具更换。

3. 法兰阀门安装

1）阀门压力试验介质是按水考虑的，如设计要求其他介质，可按实际调整。

2）垫片均按橡胶石棉板考虑的，如实际垫片材质与定额规定不同时，可按实际调整。

3）中压法兰、阀门安装执行低压相应项目，其人工定额乘以1.2。

4）各种法兰、阀门安装，定额中只包括一个垫片，不包括螺栓使用量，螺栓用量可参考表2-8及表2-9。

表2-8　平焊法兰安装用螺栓用量

外径×壁厚/mm	规格	质量/kg	外径×壁厚/mm	规格	质量/kg
57×4.0	M12×50	0.319	377×10.0	M20×75	3.906
76×4.0	M12×50	0.319	426×10.0	M20×80	5.42
89×4.0	M16×55	0.635	478×10.0	M20×80	5.42
108×5.0	M16×55	0.635	529×10.0	M20×85	5.84
133×5.0	M16×60	1.338	630×8.0	M22×85	8.89
159×6.0	M16×60	1.338	720×10.0	M22×90	19.668
219×6.0	M16×65	1.404	820×10.0	M27×95	19.962
273×6.0	M16×70	2.208	920×10.0	M27×100	19.962
325×6.0	M20×70	3.747	1020×10.0	M27×105	24.633

表2-9　对焊法兰安装用螺栓用量

外径×壁厚/mm	规格	质量/kg	外径×壁厚/mm	规格	质量/kg
57×3.5	M12×50	0.319	325×8.0	M20×75	3.906
76×4.0	M12×50	0.319	377×9.0	M20×75	3.906
89×4.0	M16×60	1.338	426×9.0	M20×75	3.906
108×4.0	M16×60	1.338	478×9.0	M20×75	3.906
133×4.5	M16×65	1.404	529×9.0	M20×80	5.42
159×5.0	M16×65	1.404	630×9.0	M22×80	8.25
219×6.0	M16×70	1.472	720×9.0	M22×80	8.25
273×6.0	M16×75	2.31	820×10.0	M27×95	18.804

4. 燃气用设备安装

1）燃气调长器是按焊接法兰考虑的，如采用直接对焊时，应减去法兰安装用材料，其他不变。

2）煤气调长器是按三波考虑的，如安装三波以上者，其人工定额乘以1.33，其他不变。

5. 集中供热用容器具安装

碳钢波纹补偿器是按焊接法兰考虑的，如直接焊接时，应减掉法兰安装用材料，其他不变。

6. 管道试压、吹扫

1）液压试验是按普通水考虑的，如试压介质有特殊要求，介质可按实际调整。

2）集中供热高压管道压力试验执行低中压相应定额，其人工定额乘以1.3。

细节：管道安装工程量计算

1. 承插铸铁管安装（青铅接口）

工作内容：

检查及清扫管材，切管，管道安装，化铅，打麻，打铅口。

工程量计算：

按不同铸铁管公称直径，以承插铸铁管中心线长度计算。不扣除管件、阀门所占长度。

2. 承插铸铁管安装（石棉水泥接口）

工作内容：

检查及清扫卷材，切管，管道安装，调制接口材料，接口，养护。

工程量计算：

按不同铸铁管公称直径，以承插铸铁管中心线长度计算。不扣除管件、阀门所占长度。

3. 承插铸铁管安装（膨胀水泥接口）

工作内容：

检查及清扫管材，切管，管道安装，调制接口材料，接口，养护。

工程量计算：

按不同铸铁管公称直径，以承插铸铁管中心线长度计算。不扣除管体、阀门所占长度。

4. 承插铸铁管安装（胶圈接口）

工作内容：

检查及清扫管材，切管，管道安装，上胶圈。

工程量计算：

按不同铸铁管公称直径，以承插铸铁管中心线长度计算。不扣除管件、阀门所占长度。

5. 球墨铸铁管安装（胶圈接口）

工作内容：

检查及清扫管材，切管，管道安装，上胶圈。

工程量计算：

按不同铸铁管公称直径，以球墨铸铁管中心线长度计算。不扣除管件、阀门所占长度。

6. 预应力（自应力）混凝土管安装（胶圈接口）

工作内容：

检查及清扫管材，管道安装，上胶圈，对口，调直，牵引。

工程量计算：

按不同混凝土管公称直径，以预应力（自应力）混凝土管中心线长度计算。不扣除管件、阀门所占长度。

7. 塑料管安装（粘接）

工作内容：

检查及清扫管材，管道安装，粘接，调直。

工程量计算：

按不同塑料管外径，以塑料管中心线长度计算。不扣除管件、阀门所占长度。

8. 塑料管安装（胶圈接口）

工作内容：

检查及清扫管材，管道安装，上胶圈，对口，调直。

工程量计算：

按不同塑料管外径，以塑料管中心线长度计算。不扣除管件、阀门所占长度。

9. 铸铁管新旧管连接（青铅接口）

工作内容：

定位，断管，临时加固，安装管件，化铅，塞麻，打口，通水试验。

工程量计算：

按不同铸铁管公称直径，以新旧管连接的处数计算。

10. 铸铁管新旧管连接（石棉水泥接口）

工作内容：

定位，断管，临时加固，安装管件，接口，通水试验。

工程量计算：

按不同铸铁管公称直径，以新旧管连接的处数计算。

11. 铸铁管新旧管连接（膨胀水泥接口）

工作内容：

定位，断管，安装管件，接口，临时加固，通水试验。

工程量计算：

按不同铸铁管公称直径，以新旧管连接的处数计算。

12. 钢管新旧管连接（焊接）

工作内容：

定位，断管，安装管件，临时加固，通水试验。

工程量计算：

按不同钢筋公称直径，以新旧管连接的处数计算。

13. 管道试压

工作内容：

制堵盲板，安拆打压设备，灌水加压，清理现场。

工程量计算：

按不同管道公称直径，以管道的长度计算。

14. 管道消毒冲洗

工作内容：

溶解漂白粉，灌水消毒，冲洗。

工程量计算：

按不同管道公称直径，以管道的长度计算。

细节：管件制作、安装工程量计算

1. 焊接弯头制作

工作内容：

量尺寸，切管，组对，焊接成形，成品码垛等。

工程量计算：

按不同弯头角度、管外径及壁厚，以焊接弯头制作的个数计算。

2. 弯头（异径管）安装

工作内容：

切管，管口修整，坡口，组对安装，定位焊，焊接等。

工程量计算：

按不同管外径及壁厚，以弯头（异径管）安装的个数计算。异径管以大口径为准。

3. 三通安装

工作内容：

切管，管口修整，坡口，组对安装，定位焊，焊接等。

工程量计算：

按不同管外径及壁厚，以三通安装的个数计算。

4. 挖眼接管

工作内容：

切割，坡口，组对安装，定位焊，焊接等。

工程量计算：

按不同管外径及壁厚，以挖眼接管的个数计算。

5. 钢管揻弯

（1）钢管揻弯（机械揻弯）

工作内容：

划线，涂机油，上管压紧，揻弯，修整等。

工程量计算：

按不同钢管外径，以钢管撼弯的个数计算。

（2）钢管撼弯（中频弯管机撼弯）

工作内容：

画线，涂机油，上胎具，加热，撼弯，下胎具，成品检查等。

工程量计算：

按不同钢管公称直径，以钢管撼弯的个数计算。

6. 铸铁管件安装（机械接口）

工作内容：

管口处理，找正，找平，上胶圈，法兰，紧螺栓等。

工程量计算：

按不同铸铁管公称直径，以铸铁管件安装的件数计算。

7. 盲（堵）板安装

工作内容：

切管，坡口，焊接，上法兰，找平，找正，制加垫，紧螺栓，压力试验等。

工程量计算：

按不同盲堵板公称直径，以盲（堵）板安装的组数计算。

8. 钢塑过渡接头安装

工作内容：

钢管接头焊接，塑料管接头熔接等。

工程量计算：

按不同管外径，以钢塑过渡接头安装的个数计算。

9. 防雨环帽制作、安装

工作内容：

（1）制作　放样，下料，切割，坡口，卷圆，找圆，组对，定位焊，焊接等。

（2）安装　吊装，组对，焊接等。

工程量计算：

防雨环帽制作工程量，按不同单个环帽质量，以防雨环帽的质量计算。防雨环帽安装工程量，按防雨环帽的质量计算。

10. 直埋式预制保温管管件安装

工作内容：

收缩带下料，制塑料焊条，切、坡口及打磨，组对，安装，焊接，连接套管，找正，就位，固定，塑料焊，人工发泡，做收缩带，防毒等。

工程量计算：

按不同保温管公称直径，以保温管管件安装的个数计算。

细节：法兰阀门安装工程量计算

1. 法兰安装

工作内容：

切管，坡口，组对，制加垫，紧螺栓，焊接等。绝缘法兰工作内容另加制作绝缘垫片、绝缘套管，免除焊接等。

工程量计算：

平焊法兰、对焊法兰、绝缘法兰安装工程量，均按法兰公称直径，以安装法兰的副数计算。

2. 阀门安装

（1）焊接法兰阀门安装

工作内容：

制加垫，紧螺栓等。

工程量计算：

按不同法兰阀门公称直径，以焊接法兰阀门安装的个数计算。

（2）低压齿轮、电动传动阀门安装

工作内容：

除锈，制加垫，吊装，紧螺栓等。

工程量计算：

按不同阀门公称直径，以阀门安装的个数计算。

（3）中压齿轮、电动传动阀门安装

工作内容：

除锈，制加垫，吊装，紧螺栓等。

工程量计算：

按不同阀门公称直径，以阀门安装的个数计算。

3. 阀门水压试验

工作内容：

除锈，切管，焊接，制加垫，固定，紧螺栓，压力试验等。

工程量计算：

按不同阀门公称直径，以阀门水压试验的个数计算。

4. 低压阀门解体、检查、清洗、研磨

工作内容：

阀门解体、检查、填料更换或增加、清洗、研磨、恢复，堵板制作，上堵板，试压等。

工程量计算：

按不同阀门公称直径，以低压阀门解体的个数计算。

5. 中压阀门解体、检查、清洗、研磨

工作内容：

阀门解体、检查、填料更换或增加、清洗、研磨、恢复，堵板制作，上堵板，试压等。

工程量计算：

按不同阀门公称直径，以中压阀门解体的个数计算。

6. 阀门操纵装置安装

工作内容：

部件检查及组合装配、找平、找正、安装、固定、试调、调整等。

工程量计算：

按阀门操纵装置的质量计算。

细节：燃气用设备安装工程量计算

1. 凝水缸制作、安装

（1）低压碳钢凝水缸制作

工作内容：

放样，下料，切割，坡口，对口，定位焊，焊接成形，强度试验等。

工程量计算：

按不同凝水缸公称直径，以低压碳钢凝水缸制作的个数计算。

（2）中压碳钢凝水缸制作

工作内容：

放样，下料，切割，坡口，对口，点焊，焊接成型，强度试验等。

工程量计算：

按不同凝水缸公称直径，以中压碳钢凝水缸制作的个数计算。

（3）低压碳钢凝水缸安装

工作内容：

安装罐体，找平，找正，对口，焊接，量尺寸，配管，组装，防护罩安装等。

工程量计算：

按不同凝水缸公称直径，以低压碳钢凝水缸安装的组数计算。

（4）中压碳钢凝水缸安装

工作内容：

安装罐体，找平，找正，对口，焊接，量尺寸，配管，组装，头部安装，抽水缸小井砌筑等。

工程量计算：

按不同凝水缸公称直径，以中压碳钢凝水缸安装的组数计算。

（5）低压铸铁凝水缸安装（机械接口）

工作内容：

抽水立管安装，抽水缸与管道连接，防护罩、井盖安装等。

工程量计算：

按不同凝水缸公称直径，以低压铸铁凝水缸安装的组数计算。

（6）中压铸铁凝水缸安装（机械接口）

工作内容：

抽水立管安装，抽水缸与管道连接，凝水缸小井砌筑，防护罩、井座、井盖安装。

工程量计算：

按不同凝水缸公称直径，以中压铸铁凝水缸安装的组数计算。

(7) 低压铸铁凝水缸安装（青铅接口）

工作内容：

抽水立管安装，化铅，灌铅，打口，凝水缸小井砌筑，防护罩、井座、井盖安装等。

工程量计算：

按不同凝水缸公称直径，以低压铸铁凝水缸安装的组数计算。

(8) 中压铸铁凝水缸安装（青铅接口）

工作内容：

抽水立管安装，头部安装，化铅，灌铅，打口，凝水缸小井砌筑，防护罩井座、井盖安装。

工程量计算：

按不同凝水缸公称直径，以中压铸铁凝水缸安装的组数计算。

2. 调压器安装

(1) 雷诺调压器安装

工作内容：

安装，调试等。

工程量计算：

按不同雷诺调压器型号，以雷诺调压器安装的组数计算。

(2) T 型调压器安装

工作内容：

安装，调试等。

工程量计算：

按不同 T 型调压器型号，以 T 型调压器安装的组数计算。

(3) 箱式调压器安装

工作内容：

进、出管焊接，调试，调压器箱体安装等。

工程量计算：

按不同箱式调压器型号，以箱式调压器安装的组数计算。

3. 鬃毛过滤器安装

工作内容：

成品安装，调试等。

工程量计算：

按不同鬃毛过滤器公称直径，以鬃毛过滤器的安装组数计算。

4. 萘油分离器安装

工作内容：

成品安装，调试等。

工程量计算：

按不同萘油分离器的公称直径，以萘油分离器安装的组数计算。

5. 安全水封、检漏管安装

工作内容：

排尺，下料，焊接法兰，紧螺栓等。

工程量计算：

安全水封安装工程量，按不同水封型号，以安全水封安装的组数计算。检漏管安装工程量，按检漏管安装的组数计算。

6. 煤气调长器安装

工作内容：

熬制沥青，灌沥青，量尺寸，断管，焊法兰，制加垫，找平，找正，紧螺栓等。

工程量计算：

按煤气调长器安装的个数计算。

细节：集中供热用容器具安装工程量计算

1. 除污器组成安装

（1）除污器组成安装（带调温、调压装置）

工作内容：

清洗，切管，套丝，上零件，焊接，组对，制加垫，找平，找正，器具安装，压力试验等。

工程量计算：

按不同除污器公称直径，以除污器组成安装的组数计算。

（2）除污器组成安装（不带调温、调压装置）

工作内容：

同除污器组成安装（带调温、调压装置）。

工程量计算：

同除污器组成安装（带调温、调压装置）。

（3）除污器安装

工作内容：

切管，焊接，制加垫，除污器，放风管，阀门安装，压力试验等。

工程量计算：

按不同除污器公称直径，以除污器安装的组数计算。

2. 补偿器安装

（1）焊接钢套筒补偿器安装

工作内容：

切管，补偿器安装，对口，焊接，制加垫，紧螺栓，压力试验等。

工程量计算：

按不同套筒补偿器公称直径，以焊接钢套筒补偿器安装的个数计算。

（2）焊接法兰式波纹补偿器安装

工作内容：

除锈，切管，焊法兰，吊装，就位，找正，找平，制加垫，紧螺栓，水压试验等。

工程量计算：

按不同波纹补偿器公称直径，以焊接法兰式波纹补偿器安装的个数计算。

细节：管道试压、吹扫工程量计算

1. 强度试验

工作内容：

准备工具、材料，装、拆临时管线，制、安盲堵板，充气加压，检查，找漏，清理现场等。

工程量计算：

按不同管道公称直径，以进行强度试验的管道长度计算。

2. 气密性试验

工作内容：

准备工具、材料，装、拆临时管线，制、安盲（堵）板，充气试验，清理现场等。

工程量计算：

按不同管道公称直径，以进行气密性试验的管道长度计算。

3. 管道吹扫

工作内容：

准备工具、材料，装拆临时管线，制、安盲堵板，加压，吹扫，清理等。

工程量计算：

按不同管道公称直径，以进行吹扫的管道长度计算。

4. 管道总试压及冲洗

工作内容：

安装临时水、电源，制盲堵板，灌水，试压，检查放水，拆除水、电源，填写记录等。

工程量计算：

按不同管道公称直径，以总试压及冲洗的管道长度计算。管道总试压按每 1km 为一个打压次数，执行定额一项目，不足 0.5km 不计，超过 0.5km 计算一次。

5. 牺牲阳极、测试桩安装

工作内容：

牺牲阳极表面处理，焊接，配添料，牺牲阳极包制作、安装，测试桩安装、夯填，沥青防腐处理等。

工程量计算：

按其安装的组数计算。

细节：高压管道安装工程量计算

按下列规定计算：

1）无制造厂探伤合格证，应逐根进行探伤者；或虽有合格证，但经外观检查发现缺陷时，应抽 10% 进行探伤，如仍有不合格者，则应逐根进行探伤。

2）高压管在验收时，如发现证明书与到货钢管的钢号或炉号不符以及无钢号、炉号，全部钢管需逐根编号检查硬度者，应按规范规定做力学性能试验的抽查。

3）高压钢管外表面探伤，公称直径在 6mm 以上的磁性高压钢管采用磁力法；非磁性高压钢管，一般采用荧光法或着色法。经过磁力、萤光、着色等方法探伤的、公称直径在 6mm 以上的高压钢管，还应按《无缝钢管超声波探伤检验方法》（GB/T 5777—1996）要求，进行内部及表面探伤。

4）高压螺栓、螺母每批应各取两根（个）进行硬度检查，若不合格需加倍检查；如仍不合格者应逐根（个）进行硬度检查。

细节：绝热工程量计算

1. 管道、设备筒体绝热

$$V = L \times \pi \times (D + \delta + \delta \times 3.3\%) \times (\delta + \delta \times 3.3\%)$$
$$= L \times \pi \times (D + 1.033\delta) \times 1.033\delta \qquad (2\text{-}3)$$

绝热层按平方米为计算单位时，其计算公式为

$$S_j = L \times \pi \times (D + 1.33\delta)$$
$$S = L \times \pi \times (D + 2\delta \times 2\delta \times 5\% + 2d_1 + 3d_2)$$
$$= L \times 3.14 \times (D + 2\delta + 0.0032 + 0.005) \qquad (2\text{-}4)$$

式中　L——管道、设备筒体长（m）；

　　　D——管道、设备筒体外直径（m）；

　　　δ——绝热层厚度（m）；

　3.3%——规范允许偏差系数；

　5%——规范允许偏差系数；

　$2d_1$——捆扎线或钢带直径或厚度（m）；

　$3d_2$——防潮层厚度（m）。

2. 伴热管道绝热

伴热管道绝热工程量计算主要是计算伴热管道的综合直径（外径）。然后将综合直径代入式（2-3）中便可计算出伴热管道绝热工程量。

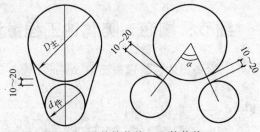

图 2-25　单管伴热、双管伴热

$$D' = D_主 + D_伴 + (10 \sim 20\text{mm}) \tag{2-5}$$

式中　　D'——综合直径（外径）（m）；

　　　　$D_主$——主管道外径（m）；

　　　　$D_伴$——伴热管外径（m）；

$(10 \sim 20\text{mm})$——主管道与伴热管之间的间隙。如果设计图样已注明间隙尺寸时，按设计图样执行，反之按平均值计算即 1.5mm 执行。

此式适用单管伴热、双管伴热而且管径相同、夹角小于 90°（见图 2-25）。

$$D' = D_主 + d_{伴大} + (10 \sim 20\text{mm}) \tag{2-6}$$

式（2-6）适用双管伴热，夹角 α 小于 90°，管径不同（见图 2-26a）。

$$D' = D_主 + 1.5d_{伴大} + (10 \sim 20\text{mm}) \tag{2-7}$$

此式适用双管伴热，管径相同，夹角 α 大于 90°（见图 2-26b）。

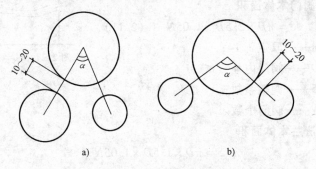

a)　　　　　　　　　　b)

图 2-26　双管伴热

细节：刷油、防腐蚀工程量计算

1. 设备筒体、管道表面积 S（m^2）

$$S = \pi DL \tag{2-8}$$

式中 π——取定 3.14；

      D——设备筒体、管道直径（m）；

      L——设备筒体、管道高或延长米（m）。

2. 设备封头本体表面积

$$S = 1.5N\pi(D/2)^2 \tag{2-9}$$

式中 π——取定 3.14；

      D——设备直径（m）；

      N——设备封头个数；

    1.5——调整系数。

如果设备封头设计图样给出直边高度等可以直接计算出封头面积所需尺寸时，则应按图样实际尺寸计算，不执行公式 $S = 1.5N\pi(D/2)^2$，否则按 $S = (D+A)\pi A$ 计算。

3. 设备封头与筒体法兰的面积

$$S = (D+A)\pi A \tag{2-10}$$

式中 D——设备直径（m）；

      π——取定 3.14；

      A——法兰宽（m），见图 2-27。

4. 阀门本体面积

$$S = \pi D \times 2.5D \times 1.05N \tag{2-11}$$

式中 π——取定 3.14；

      D——阀门内径（m）；

   1.05——调整系数；

      N——阀门个数。

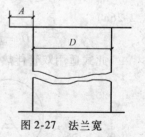

图 2-27 法兰宽

5. 法兰本体面积

$$S = \pi D \times 1.5D \times 1.05N \tag{2-12}$$

式中 π——取定 3.14；

D——法兰内径（m）；

1.05——调整系数；

N——法兰个数。

6. 弯头本体面积

$$S = \pi D \frac{2\pi \times 1.5D}{B} N \qquad (2-13)$$

式中　π——取定3.14；

　　　D——直径（m）；

　　　N——弯头个数；

　　　B——当弯头为90°时，B 值为4；当弯头为45°时，B 值为8。

绝热后的外表面积（保护层面积）的计算按本节2. 计算。

细节：脚手架工程量计算

1. 装饰工程脚手架工程量计算

1）满堂脚手架按室内净面积计算，其高度在 3.6～5.2m 之间时，计算基本层；超过 5.2m 时，每增加 1.2m 按增加一层计算，不足 0.6m 的不计。计算式表示如下：

$$满堂脚手架增加层 = \frac{室内净高度 - 5.2}{1.2} \qquad (2-14)$$

2）挑脚手架、按搭设长度和层数，以"延长米"计算。

3）悬空脚手架，按搭设水平投影面积以"m^2"计算。

4）高度超过 3.6m 墙面装饰不能利用原砌筑脚手架时，可以计算装饰脚手架。装饰脚手架按双排脚手架乘以 0.3 计算。

2. 砌筑脚手架工程量计算

1）外脚手架按外墙外边线长度，乘以外墙砌筑高度以"m^2"计算，突出墙外宽度在 24cm 以内的墙垛、附墙烟囱等不计算脚手架；宽度超过 24cm 以外时按图示尺寸展开计算，并入外脚手架工程量之内。

2）里脚手架按墙面垂直投影面积计算。

3）独立柱按图示柱结构外围周长另加 3.6m，乘以砌筑高度以

"m^2"计算,套用相应外脚手架定额。

3. 现浇钢筋混凝土框架脚手架工程量计算

1)现浇钢筋混凝土柱,按柱图示周长尺寸另加3.6m,乘以柱高以"m^2"计算,套用相应外墙脚手架定额。净长以"m^2"计算,套用相应双排外脚手架定额。

2)现浇钢筋混凝土梁、墙,按设计室外地坪或楼板上表面至楼板底之间的高度,乘以梁、墙。净长以"m^2"计算,套用相应双排外脚手架定额。

4. 其他脚手架工程量计算

1)水平防护架,按实际铺板的水平投影面积,以"m^2"计算。

2)垂直防护架,按自然地坪至最上一层横杆之间的搭设高度,乘以实际搭设长度,以"m^2"计算。

3)架空运输脚手架,按搭设长度以"延长米"计算。

4)烟囱、水塔脚手架,区别不同搭设高度,以"座"计算。

5)电梯井脚手架,按单孔以"座"计算。

6)斜道,区别不同高度以"座"计算。

7)砌筑贮仓脚手架,不分单筒或贮仓组均按单筒外边线周长,乘以设计室外地坪至贮仓上口之间高度,以"m^2"计算。

8)贮水(油)池脚手架,按外壁周长乘以室外地坪至池壁顶面之间高度,以"m^2"计算。

9)大型设备基础脚手架,按其外形周长乘以地坪至外形顶面边线之间高度,以"m^2"计算。

10)建筑物垂直封闭工程量按封闭面的垂直投影面积计算。

细节:法兰水表安装工程量计算

水表是一种计量建筑物或设备用水量的仪表,室内给水系统中广泛使用流速式水表。根据叶轮构造不同,流速式水表可分旋翼式和螺翼式两种。旋翼式的叶轮转轴与水流方向垂直,阻力较大,起步流量与计量范围较小,多为小口径水表,用以测量较小流量。螺翼式水表叶轮转轴与水流方向平行,阻力较小,起步流量和计量范围比旋翼式水表大，适用于流量较大的给水系统。

法兰水表以"组"为计量单位计算工程量。定额中的旁通管及单向阀，如与设计规定的安装形式不同时，阀门与单向阀按设计规定调整，其余不变。

细节：除锈工程量计算

1）人工除锈管道和金属结构应区分锈蚀不同等级，设备区分不同等级和直径大小，均以"m^2"为单位计算；金属结构以质量为单位计算。

2）砂轮机除锈即半机械化除锈。金属面区分锈蚀等级以"m^2"计算。

3）喷砂除锈设备按直径大小不同和内壁、外壁划分定额子目；管道按内壁、外壁分别以"m^2"计算（小口径管道内壁除锈已包括在定额内，大口径管道打砂除锈，可用相应子目）。金属结构以质量为单位计算。

4）化学除锈金属表面区分一般和特殊，分别以"m^2"为单位计算。

细节：直槽沟土方量的计算

沟槽挖掘土方量计算，根据管线的地形、沟底深度与坡度的不同应分段计算。直槽沟土方量计算式为：

$$V = \frac{1}{2}(h_1 + h_2)bl + V_1 \tag{2-15}$$

式中　V——管段的土方量（m^3）；

h_1——坡向起点深度（m）；

h_2——坡向终点深度（m）；

l——沟槽长度（m）；

b——沟槽宽度（m）；

V_1——全管段中接口工作坑总土方量（m^3），其计算如下：

$$V_1 = nV_2 \tag{2-16}$$

式中　n——接口工作坑的数量（个）；

　　　V_2——在沟底挖掘一个接口工作坑的挖土量。

细节：梯形沟槽土方量的计算

$$V = \frac{1}{2}(F_1 + F_2)l + V_1 \qquad (2-17)$$

式中　V——梯形沟槽土方量；

　　　F_1——坡向起点的沟槽断面面积（m^2）；

　　　F_2——坡向终点的沟槽断面面积（m^2）；

　　　l——沟槽长度（m）；

　　　V_1——全管段中接口工作坑土方量（m^3），计算方法同式（2-16）。

如果管线中有阀门井、管沟（砌筑的管沟）等时，由于其断面尺寸与沟槽不同，其土方量应分别计算。将沟槽、阀门井、管沟等的土方量相加；即得总土方量。

细节：庭院供热管道工程与城市集中供热管网界限划分

庭院（小区）供热管道工程与城市集中供热管网界限的划分如图 2-28 所示。

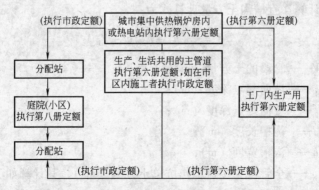

图 2-28　庭院（小区）供热工程与城市集中供热工程划分

细节：庭院燃气工程与城市供气管网的界限划分

庭院（小区）燃气工程与城市供气管网的界限划分如图 2-29 所示。

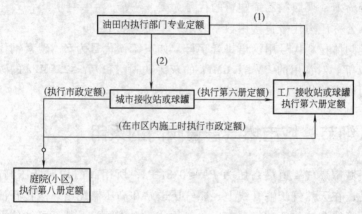

图 2-29 庭院（小区）燃气工程与城市供气工程划分

细节：阀门产品型号的表示方法

每种阀门都有一个特定的型号，用该型号来说明阀门类别，驱动方式，连接形式，结构形式，密封面或衬里材料，公称压力，阀体材料七项内容。根据（JB/T 308—2004）《阀门型号编制方法》的规定，每项内容均以汉语拼音字母或数字作代号来表达。七项内容的代号按上述顺序排列，并将第五项代号与第六项代号用横线隔开，构成表达阀门特征的完整型号，即

$$\boxed{1}\boxed{2}\boxed{3}\boxed{4}\boxed{5}\text{-}\boxed{6}\boxed{7}$$

阀门类别的代号用汉语拼音字母表示。

驱动方式代号用阿拉伯数字表示。对于手轮或扳手驱动的阀门，可不必用代号表示，而电动代号为 9，气动代号为 6，等等。

　　阀门与管路的连接形式代号用阿拉伯数字表示。

　　阀门结构形式主要指启闭零件等的结构。其代号用阿拉伯数字表示。

　　阀瓣（闸板）和阀座的密封面或衬里材料的代号用汉语拼音字母表示，如由阀体上直接加工出来的密封面的代号为 W，不锈钢的代号为 H，聚四氟乙烯塑料的代号为 F，等等。

　　公称压力代号直接用数字表示，单位为 0.1MPa。

　　阀体材料代号用汉语拼音字母，如灰铸铁代号为 Z，碳素钢代号为 C 等。对常用的 $PN \leqslant 1.6MPa$ 的灰铸铁阀门和 $PN \leqslant 2.5MPa$ 的碳钢阀门可省略代号。

细节：城市燃气管道阀门的采用

　　城市燃气管道最高压力 $PN \leqslant 0.8MPa$，所用阀门均属低压阀门。但是，在天然气长输管线上、燃气压送站和高压储配站、液化石油气输送管线和液化石油气灌瓶厂一般均使用中压阀门，甚至可能使用高压阀门。

细节：法兰密封的形式

　　法兰的密封面有光滑式、凹凸式、梯形槽式。

名　称	介　绍
光滑式	光滑式密封面一般用在公称压力不超过 2.5MPa、对密封性能无特殊要求的管道法兰。光滑式密封端面上应车出沟槽（水线）。如图2-30a)所示
凹凸式	凹凸式密封面如图 2-30b)所示。这种密封面密封性能较好，适用于易燃、易爆和有毒介质的管道连接
梯形槽式	梯形槽式密封面如图 2-30c)所示。这种密封面具有较好的密封性能，适用于高温高压的油品管道连接

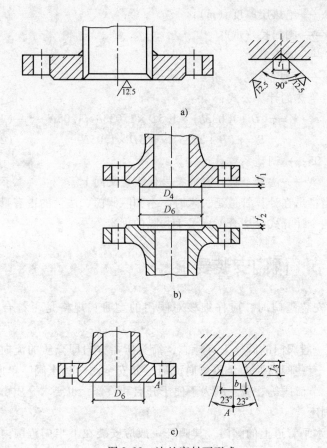

图 2-30 法兰密封面型式

a）光滑式密封面 b）凹凸式密封面 c）梯形槽式密封面

细节：阀门、法兰绝热计算

阀门绝热的计算公式：

$$V = \pi(D + 1.033\delta) \times 2.5D \times 1.033\delta \times 1.05N \tag{2-18}$$

$$S = \pi(D + 2.1\delta) \times 2.5D \times 1.05N \tag{2-19}$$

式中 π——3.14；

D——外径（m）；

δ——绝热层厚度（m）；

2.5D——阀门长（m）；

1.05——调整系数；

N——阀门个数。

法兰绝热的计算公式：

$$V = \pi(D + 1.033\delta) \times 1.5D \times 1.033\delta \times 1.05N \qquad (2\text{-}20)$$

$$S = \pi(D + 2.1\delta) \times 1.5D \times 1.05N \qquad (2\text{-}21)$$

式中　1.05——调整系数；

N——法兰个数，其他符号代表意义同上。

应当指出在计算管道延长米时，不扣除阀门、法兰的占有量。因为上述四个计算式已综合考虑了不扣除的因素。

细节：阀门安装要求

1）安装阀门时，应仔细核对阀门的型号、规格是否符合设计要求。

2）一般阀门的阀体上有标志，箭头所指方向即介质的流向，不得装反；有些阀门要求介质单向流通，如安全阀、减压阀、单向阀、疏水阀、节流阀等，截止阀为了便于开启和检修，也要求介质由下向上通过阀座。

3）水平管道上的阀门，其阀杆一般应安装在上半周范围内，不允许阀杆向下安装，避免仰脸操作。

4）阀门的安装位置不应妨碍设备，管道及阀门本身的拆装和检修。明杆阀门不能埋地安装，以防阀杆锈蚀。阀门安装高度应方便操作和检修，一般距地坪1.2m为宜，当阀门中心距地坪1.8m以上时，宜集中布置，并设置固定平台。

5）法兰或螺纹连接的阀门应在关闭状态下安装，法兰式阀门应保证连接管上的两法兰端面平行和同心。螺纹连接的阀门在邻近处设活接头，以便拆装。

6）同一工程中宜采用相同类型的阀门，以便于识别及检修时部件的代换。在同一房间内，同一设备上的阀门，应使其排列对称、整齐美观。对并排水平管道上的阀门应错开安装，以减小管道间距；对并排垂直管道上的阀门应装于同一高度上，并保持手轮之间的净距不小于100mm。

7）阀门的安装应使阀门和两侧连接的管道处在同一中心线上。当因管螺纹加工的偏斜、法兰与管子焊接的不垂直，使连接中心线出现偏差时，在阀门处严禁冷加力调直，以免使铸铁阀体损坏。

8）直径较小的阀门，运输和使用时不得随手抛掷；较大直径的阀门吊装时，钢丝绳应系在阀体上，使手轮、阀杆、法兰螺孔受力的吊装方法是错误的。

9）安装螺纹阀门时，不要把用作填料的麻丝挤到阀门里面去；安装法兰阀门时，不得使用双垫；紧螺栓时要对称进行，均匀用力。

细节：疏水阀类型

疏水阀有倒吊桶式疏水阀、脉冲式疏水阀、热动力式疏水阀、圆盘式疏水阀、浮筒式疏水阀。

1. 倒吊桶式疏水阀

适用参数：工作压力0.05~0.6MPa，温度小于等于200℃。S型倒吊桶式疏水阀选用见表2-10。

表2-10　S型倒吊桶式疏水阀选用表

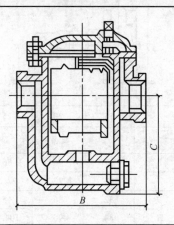

（续）

型　　号	SO₃₁		SO₃₂		SO₃₃	
DN/mm	15	20	25	32	40	50
B/mm	150		190		255	
C/mm	89		110		74	
接管螺纹/in	1/2	3/4	1	$1\frac{1}{4}$	$1\frac{1}{2}$	2
排水压差/MPa 下的排水量/(kg/h)	0.05	150		270		820	
	0.1	210		380		1150	
	0.2	280		525		1480	
	0.3	330		600		1700	
	0.4	365		660		1850	
	0.5	390		700		1970	
	0.6	420		730		2060	
质量/kg	4		7.5		19	

2. 脉冲式疏水阀

适用参数：工作压力 2.5MPa，温度小于等于 225℃。可按表 2-11选用。

表 2-11　S18H—25 型疏水阀选用表

DN/mm		15	20	25	40	50
锥管螺纹/in		1/2	3/4	1	$1\frac{1}{2}$	2
外形尺寸/mm	*L*	67	76	86	100	120
	A	16	22	22.5	35	42
	B	32	36	45	63	76
	H	84	96	104.2	137	157

（续）

质量/kg		0.6	1.1	1.6	3.8	6.1
	0.15	253	600	1180	1680	2050
	0.2	319	660	1260	1730	2280
	0.3	366	780	1320	2220	2580
	0.4	418	840	1380	2400	2940
排水压差/MPa下	0.5	424	900	1440	2520	3180
的排水量/（kg/h）	0.6	471	960	1560	2580	3420
	0.7	486	1020	1620	2670	3600
	0.8	531	1080	1680	2760	3720
	0.9	598	1140	1710	3000	3970
	1.0	605	1260	1860	3060	4200

3. 热动力式疏水阀

适用参数：工作压力1.6MPa，温度小于等于200℃。S19HC—16型热动力式疏水阀选用见表2-12。

表2-12 S19HC—16型热动力式疏水阀选用表

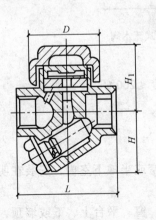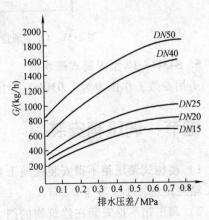

（续）

DN/mm		15	20	25	32	40	50
管螺纹/in		1/2	3/4	1	$1\frac{1}{4}$	$1\frac{1}{2}$	2
外形尺寸 /mm	L	90	90	100	120	130	140
	D	65	65	70	80	90	97
	H	58.5	60.5	63.5	73	76	84.5
	H_1	60	62	62	68	70	76

4. CS1960H—16、CS4960H—16 及 CS19H—16 圆盘式疏水阀

适用参数：工作压力 1.6MPa，温度小于 200℃；漏气率小于等于 3%；背压大于等于 50%；寿命小于等于 8000h，如图 2-31 所示。

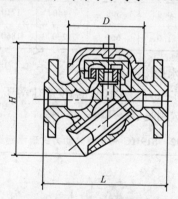

图 2-31　CS 型圆盘式疏水阀

5. S43H—10 型浮筒式疏水阀

适用参数工作压力为 1.0MPa，温度≤200℃。

细节：调压箱安装

1）楼栋式调压箱不得安装在地下窒或半地下室内，安装在明处时，箱底距地坪小于等于 0.5m。

2）调压箱不得安装在建筑物的门、窗、平台上、下或墙顶，调压箱在墙上时，其左右上下距建筑物门窗或其他通风孔距小于等于 0.1cm。

3）安装调压箱的墙体，应是永久性承重墙，调压箱的位置应保证不被碰撞，开箱工作不影响交通。

4）调压箱底部至地坪应砌筑保护台，以保证调压箱的安全。

5）进入调压箱的聚乙烯管（地上部分）应做套保护。

6）调压箱内燃气进出管不得装错。

细节：调压器安装

调压器主要有活塞式、T 型、雷诺式，以及自力式调压器。其中活塞式、T 型调压器广泛布置于各类燃气的各种压力级别的城市燃气管网中，所以是最常见的调压器。雷诺调压器一般仅用于人工燃气管网的中、低压燃气调压站，室内工艺布置也与前者大不相同，而自力式调压器则较多用于天然气站或储配站。

调压器前后阀门之间的管段，最好是把阀门过滤器、波纹管补偿器和调压器等按平面位置和高程稳固好，法兰连接处先用螺栓紧固后，配齐并进行调平，再进行法兰的定位焊。待完成全部定位焊后，松开螺栓进行短管与法兰的环缝焊接。最后加法兰垫片进行设备安装。

调压器应按阀体上箭头所指燃气进出口方向安装，安装时调压阀应处于关闭状态，安装前应分别检查主调压器和指挥器以及排气阀等各部件动作是否灵敏，接头是否牢固。调压器应平放安装，使主调压器的阀杆呈垂直状态，不得倾斜和倒置。每台主调压器前均应设置过滤器，安装前应拆下过滤网清洗干净。

细节：热水器

1）热水器可按使用燃气的种类、结构形式、排气方式进行分类。

① 按使用燃气的种类可分为人工燃气热水器、天然气热水器、液化石油气热水器、沼气热水器和通用型热水器（适用于两种以上

燃气，使用时必须更换部分零件）。

② 按结构形式可分为容积式热水器和快速热水器。

③ 按排气方式可分为直接排气式热水器、烟道排气式热水器和平衡式热水器。

2）用户安装热水器时，首先需到当地燃气公司申请并办理使用手续。未经批准，用户不得擅自安装使用。安装热水器的房间必须符合以下条件：

① 房间空间不宜过小。

② 房间内应具有良好的通风条件，最好装有排风扇或百叶窗。房间的门或墙的上部应有面积不小于 $0.02\mathrm{m}^2$ 的百叶窗，门与地面之间留有不小于 30mm 的间隙。

③ 房间应是耐火墙壁。房间墙壁为非耐火材料时，要加垫隔热板。隔热板每边应比热水器外部尺寸大 10cm。

④ 安装热水器的房间，不得有电力明线和易爆品。

细节：主要燃气爆炸极限

当燃气和空气（或氧气）混合后，如果这两种气体达到一定比例时，就会形成具有爆炸危险的混合气体。该气体与火焰接触时，即形成爆炸。但是并非任何比例的燃气—空气混合气体都会发生爆炸，只有在燃气—空气混合气体中可燃气体的浓度在一定范围时，气体才能发生爆炸，此范围是从爆炸下限的某一最小值到爆炸上限的某一最大值。

混合气体的爆炸极限取决于组成气体的爆炸极限及其摩尔分率。主要燃气的爆炸极限如表 2-13 所示。

表 2-13 主要燃气爆炸极限

爆炸极限(空气中体积%)	下	上
炼焦煤气	4.5	35.8
直立炉煤气	4.9	40.9
水煤气	6.2	70.4

（续）

爆炸极限（空气中体积%）	下	上
催化油制气	4.7	42.9
热裂油制气	3.7	25.7
纯天然气	5.0	15.0
石油伴生气	4.2	14.2
矿井气	—	—
液化石油气	1.7	9.7
人工沼气 CH_4 60% CO_2 40%	8.8	24.4

细节：燃气表的识读

居民家庭用燃气表，目前普遍是皮膜式燃气表，这种表在读数方法上分为两种：一种是电子手表式的，通过数字直接显示用气量的多少。红字表示不足 $1m^3$ 的读数，与红字相邻的黑字为个位，依次是十位、百位、千位。另一种是指针式的燃气表，这种表和水表相似，它是通过指针来表示用气量多少的。指针

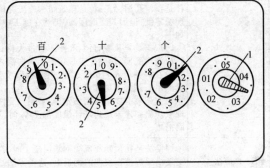

图 2-32　指针式燃气表
1—动作指针（红色）　2—计量指针

式燃气表表盘一般由四个表针组成（如图 2-32 所示）。

从左向右第一个指针显示百位数，第二个指针是十位数，第三个指针为个位数，第四个指针（一般为红色）是小数点以后的数字。燃气公司查表时不计红指针上的数。这种表的主要特征是转速快，反应灵敏，用户只要一用气，它就明显地转动。

指针式燃气表转动程序是：红色指针逆时针转动一圈表示燃气用量为 $0.05m^3$，转动 20 圈后为 $1m^3$，这时个位数上的指针顺时针转动一格。个位数指针顺时针转动一圈，表示燃气用量为 $10m^3$，这时十位数上指针转动一格。当十位数上的指针转动一圈时燃气用量为 $100m^3$，这时百位数上的指针转动一格。百位数指针转动一圈表示用燃气量为 $1000m^3$。查看燃气表时，要先看百位数指针，然后再看十位数指针、个位数指针读数，这就是燃气表所显示的燃气用量。

细节：支架安装

1. 支架安装方法
支架安装方法见下表。

方　　法	内　　容
栽埋法	栽埋法适用于直型钢横梁托架在墙上的安装，按埋入的时间，可分为预埋和后埋。在建筑结构施工时就配合埋入，称为预埋。这种方法省工、省料，但有时准确程度差，且在土建施工时易被碰坏。后埋有两种情况，一种是预留孔洞，另一种是建筑结构施工完毕后打洞。虽然打洞费工费料，现场零乱，但因其准确度高，仍然在施工中被广泛采用。打洞的操作方法如下： 　　1) 根据确定位置打洞，孔洞不宜过大，孔洞深不得小于 150mm 　　2) 清理孔洞，用喷壶嘴顶住洞上沿向洞内灌水，直至水流出为止 　　3) 在洞中填入 1:6 的水泥砂浆，插栽支架角钢(注意应将支架末端劈成燕尾)，用碎石捣实挤牢 　　4) 支架墙洞要填得密实饱满，墙洞口要凹进 3~5mm，不得有砂浆外流现象。当砌体未达到设计强度的 75% 时，不得安装管道，否则应采取加固措施
焊接法	焊接法是在预制或现浇钢筋混凝土时，在各支架的位置预埋钢板后将支架横梁焊接在预埋的钢板上，这种方法适用于在不允许打洞或不易打洞的钢筋混凝土构件上安装支架横梁的情况
膨胀螺栓法和射钉法	膨胀螺栓法和射钉法适用于角型支架横梁在墙上的固定，这种方法不受建筑结构和时间的限制，能使横梁的安装位置准确，简化操作。并具有较大的灵活性，具体做法是： 　　1) 按支架在墙、柱上的安装位置用电钻钻孔或用射钉枪射入射钉，钻孔深度与膨胀螺栓相等，孔径与膨胀螺栓套管外径相等；射钉直径为 8~12mm 　　2) 采用膨胀螺栓法时，清除孔洞内碎屑后，装入套管或膨胀螺栓，将支架横梁安装在螺栓上，拧紧螺母使螺栓锥形尾部胀开。采用射钉法可直接套上角型横梁，用螺母紧固，使用射钉枪时应严格掌握操作要领，注意安全

（续）

方　法	内　容
抱柱法	抱柱法是用型钢和螺栓把柱子夹起来,适用于沿柱敷设的管道。在混凝土或木结构上安装支架不能钻孔或打洞时的情况,也是在未预埋钢板的混凝土柱上安装横梁的补救方法。具体做法是:把柱上的坡度线用水平尺引至柱的两侧面,弹出水平线做为抱柱托架端面的安装标高线,用两条双头螺栓把托架紧固于柱子上

2. 支架安装要求

支架安装的一般要求:

1）支架安装前，应对所要安装的支架进行外观检查。外形尺寸应符合设计要求，不得有漏焊。管道与托架焊接时，不得有咬肉、烧穿等现象。

2）在安装前应按图样给定的设计标高及管道的坡度进行测量，在一系列支架中选择首末两点放线，按照支架的间距，在墙上或柱上画出每个支架的位置。支架的间距若设计无要求可按表 2-14 确定。

表 2-14　钢管水平管道支架最大间距

公称直径 /mm		15	20	25	32	40	50	70	80	100	125	150	200	250	300
支架的最大间距/m	保温管	2	2.5	2.5	2.5	3	3	4	4	4.5	6	7	7	8	8.5
	不保温管	2.5	3	3.5	4	4.5	5	6	6	6.5	7	8	9.5	11	12

3）如土建有预埋钢板或预留支架孔洞的，应检查预留孔洞或预埋件的标高及位置是否符合要求，同时要检查预埋钢板的牢固性，及预埋钢板与柱子或墙面是否平整，并清除预埋钢板上的砂浆或油漆。

细节：暖气工程设备、材料重量计算

暖气工程的设备、材料、成品及半成品的场内水平及垂直运搬，在编制定额时，应根据不同项目和不同材料分别进行计算后综合在定额内。其运搬质（重）量参见表 2-15。

表2-15 暖气工程几项设备、材料运搬质（重）量计算参考表

名　称	单位	计算质（重）量/kg
铸铁放热器1、2、3柱	10片	68
铸铁放热器4柱	10片	73
铸铁放热器翼型	10片	273
铸铁放热器固翼型	根	36
陶瓷放热器2联	组	28
陶瓷放热器3联	组	42
陶瓷放热器4联	组	56
陶瓷放热器5联	组	70
配管回水门组成及安装	组	50
注水器组成及安装	组	50
分气缸安装100kg以内	个	100
分气缸安装150kg以内	个	150
分气缸安装200kg以内	个	200
分气缸安装200kg以上	个	400
集气器安装φ150以内	个	6.6
集气器安装φ250以内	个	27.3
集气器安装φ400以内	个	50.1
水箱安装容积0.4m³以内	个	78.3
水箱安装容积1.0m³以内	个	146.1
水箱安装容积1.5m³以内	个	219.1
水箱安装容积2.0m³以内	个	265.1
水箱安装容积3.0m³以内	个	354.1

名　称	单位	计算质（重）量/kg 规格/mm															
		15	20	25	32	40	50	70	80	100	125	150	200	250	300	350	400
套管式伸缩器（螺纹连接）	10个	40	40	65	100	150	180	—	—	—	—	—	—	—	—	—	—
套管式伸缩器（螺纹连接）	个	—	—	—	—	—	—	24	28	46	—	—	—	—	—	—	—
套管式伸缩器（焊接）	个	—	—	—	—	—	25	30	30	39	40	77	111	153	179	250 以内	—
光排管放热器	10m	—	—	—	—	—	48.8	—	83.4	108.5	150.4	178.1	—	—	—	—	—
汽包汽门	20个	14	18	28	—	—	—	—	—	—	—	—	—	—	—	—	—
汽包汽门	10个	—	—	28	20	—	—	—	—	—	—	—	—	—	—	—	—
阀门安装（螺纹式）	20个	14	18	28	20	35	50	—	—	—	—	—	—	—	—	—	—
阀门安装（螺纹式）	10个	—	—	—	—	—	—	—	—	—	—	—	—	—	—	—	—
阀门安装（螺纹式）	个	—	—	—	—	—	—	6.8	9.4	15	—	—	—	—	—	—	—

细节：腐蚀分类

1. 按腐蚀原因划分

腐蚀名称	说　明
化学腐蚀	材料与介质发生化学作用引起的腐蚀现象，叫做化学腐蚀。如金属材料在高温气体或不导电介质（有机溶剂乙醇、苯）中的腐蚀现象
电化学腐蚀	金属与电介质发生电化学作用引起的破坏现象，叫做电化学腐蚀。 其特点是：引起腐蚀的介质是电介质；腐蚀过程中有电流产生，有导电性。如海水、大气、土壤、酸、碱、盐等电介质溶液与金属作用而引起的破坏现象
结晶腐蚀	又叫做应力腐蚀。因酸、碱、盐等腐蚀介质浸入到建筑物或材料内部生成结晶盐，由于这种结晶盐的体积膨胀作用使建筑物或材料内部产生应力而引起的破坏现象
机械与化学复合腐蚀	此种腐蚀是因机械与化学复合作用而引起的破坏现象。如火炮发射时引起炮身管的腐蚀等

2. 按腐蚀的破坏形式划分

腐蚀名称	说　明
全面腐蚀	金属或非金属表面以相同的速度均匀地受到腐蚀的现象叫做全面腐蚀。如化学腐蚀现象
局部腐蚀	金属或非金属表面的个别区域受到腐蚀的现象叫局部腐蚀。局部腐蚀包括点腐蚀、选择性腐蚀、晶间腐蚀等

3. 按受腐蚀的环境划分

1）大气腐蚀。

2）土壤腐蚀。

3）水腐蚀。

4）化学介质腐蚀。

细节：腐蚀鉴别方法

1. 视觉观察法

这种方法是通过视觉直接观察，看有关材料是否有腐蚀区域存在。它是一个简单的定性方法，误差是很大的。

2. 重测复化测定法

此法是通过对取来样品的鉴定，可以计算出材料的腐蚀速度，它是简单的定量方法。但由于受到样品份数的多少、清洁程度的影响，准确度也不高。尤其是对特殊类型的化学腐蚀、聚合物腐蚀、大面积腐蚀状况的鉴别就不太准确了。

细节：除锈方法

除锈方法见下表。

除锈方法	介　绍
人工除锈	金属表面浮锈较厚时,应先用锤子轻轻敲击除掉厚锈。若锈蚀不厚,可用钢丝刷、砂布擦拭表面,露出金属本色,再用棉砂擦净
机械除锈	将需要除锈的管子放置在专门的架子上,用外圆除锈机和软轴内圆除锈机清除管内外壁的铁锈
喷砂除锈	即用压缩空气将石英砂通过喷咀喷射到金属表面,去掉锈层
酸洗除锈	即化学除锈。用酸溶液浸蚀清除金属表面的锈及氧化物。钢铁的清洗一般用硫酸或盐酸

细节：除锈等级

划分标准见表 2-16。

表 2-16　除锈等级划分标准

类别	等级	标　准
人工、半机械除锈	轻锈	部分氧化皮开始破裂脱落,红锈开始发生
	中锈	氧化皮部分破裂脱落,呈堆粉末状,除锈后用肉眼能见到腐蚀小凹点
	重锈	氧化皮大部分脱落,呈片状锈层或凸起的锈斑,除锈后出现麻点或麻坑
喷砂除锈	一级	除净金属表面的油脂、氧化皮、锈蚀产物等一切杂物,呈现均一的金属本色,并有一定的粗糙度
	二级	完全除去金属表面的油脂、氧化皮、锈蚀产物等一切杂物,可见的阴影条纹、斑痕等残留物不得超过单位面积的 5%
	三级	除去金属表面上的油脂、锈皮、松疏氧化皮、浮锈等杂物,允许有附紧的氧化皮

细节：管道消毒、冲洗用料量计算

1. 漂白粉用量计算

生活用水管道消毒所用漂白粉数量的计算，其取定数据一般为：每公升（L）水中含有 25mg 游离氯，漂白粉以含有效氯 25% 计算。

$$漂白粉用量 = \frac{25}{\frac{25}{100}} = 100 \text{mg/L} \tag{2-22}$$

即每立方米消毒用水需 0.1kg 漂白粉，另加损耗 5%，则需 0.105kg/m^3。

2. 消毒用水量计算

计算式为

$$Q_1 = WL \tag{2-23}$$

式中　Q_1——消毒用水量（m^3）；

W——管子截面面积（m^3），$W = \frac{\pi}{4}d^2$；

d——管内径（m）；

L——取定管段长度（m）。

3. 冲洗用水量计算

计算数据一般采用：冲洗流速 $V = 2\text{m/s}$，冲洗时间 $t = 30\text{min} = 1800\text{s}$（包括预先及消毒后的两次冲洗时间），冲洗距离假定按 7m 计算。

计算式为

$$Q_2 = \frac{WVt}{7} \tag{2-24}$$

式中　Q_2——冲洗用水量（m^3）。

以上消毒和冲洗用水量（m^3）合计为：

$$Q = Q_1 + Q_2 \tag{2-25}$$

4. 接口养护所需草袋的计算

每个草袋规格为 0.6m × 0.8m = 0.48m^2，草袋之间搭接宽度为

0.2m，有效宽 0.1m，每个草袋养护用有效面积：$F = 0.6m \times 0.7m = 0.42m^2$。接口养护周长 （$C$） 一般可按 135°管道基础计算。

$$C（养护周长） = \left(1 - \frac{135}{360} \right) \pi D = 0.62 \pi D \qquad (2\text{-}26)$$

式中　D——套管外径 （m）。

草袋周转次数可按 10 次，以 "个" 为计算单位。

计算式为

$$A = 0.6C \qquad (2\text{-}27)$$

$$B = \frac{A}{F} \times \frac{1}{10} \qquad (2\text{-}28)$$

式中　A——管道接口养护面积 （m^2）；

　　　B——草袋用量 （摊销） （个）。

5. 试压用水量计算

1） 铸铁管或非金属管的给水管道，其冲洗用水、试压用水及接口养护用水，一般均按充满管径两次计算。

计算式为

$$W_1 = 0.7854 d^2 L2 \qquad (2\text{-}29)$$

式中　d——管道内径 （m）；

　　　L——计算长度 （m）。

2） 排水管道的试压、接口养护、漏渗等用水，一般均按充满管径一次半计算。

计算式为

$$W_2 = 0.7854 d^2 L \frac{3}{2} \qquad (2\text{-}30)$$

式中符号同上。

细节：燃气管道的吹扫

管道在安装前应逐根清除其内部的杂物。安装完毕经强度试验合格后或气密性试验之前进行管道吹扫工作。

1. 吹扫准备工作

1） 吹扫工作应编制专项的施工技术方案。为保证吹扫干净，可分段进行吹扫。吹扫顺序一般先主管后支管依次进行，不得存在有吹不到的死角。不允许吹扫的管路附件和仪表等可暂时卸下，装上临时短管，或采取其他措施，待吹扫合格后重新安装上。

2）安装好吹扫排放管道。一般分段均以阀门、法兰或设备入口处作为吹出口，吹出口应设阀门，并用临时管道接至安全地区作为排放口。临时排放管的截面积宜与被吹扫管相同或稍小，但不宜小于被吹扫管截面的75%。排放管端应用支架固定。

3）管道吹扫介质应根据设计规定或按管道的用途以及施工条件选定。常用的有水、压缩空气和蒸汽。管道吹扫应有足够的流量，吹扫压力不得超过设计工作压力，流速应大于工作流速为宜。如用压缩空气吹扫，一般流速不低于20m/s。

2. 管段的吹扫

工作介质为气体的管道，一般采用压缩空气吹扫。

开始吹扫应先干管后支管，待吹扫干净的管段，应尽快封闭吹扫口，以免污物再进入管内。

开始吹扫时，其气流速度要逐渐升高，直至达到吹扫流速。吹扫时可用木锤敲打管子焊缝、管底、死角等处，以便于吹扫干净。

在排气口，可用白布或涂有白漆的木板进行检查，如5min内检查其上无铁锈、尘土、水分及其他脏物即为合格。经验收后即可停止吹扫。

吹扫合格后应及时拆除临时设施，恢复原来安装状态，对管道系统进行全面检查，并作好封闭，填写"管道系统吹扫记录"作为交工文件。

细节：管道安装工程量清单编制

1. 管道安装工程量清单项目设置

管道安装工程量清单根据《计价规范》附录 D.5 "表 D.5.1 管道铺设"相应项目设置，在清单项目设置时，应根据设计，明确描述以下项目内容，同一个分部分项工程量清单的项目特征必须完全一致。

1）管道种类，如给水、排水、燃气管道等。

2）材质，钢管应描述直缝卷焊钢管还是螺旋缝卷焊钢管；镀锌钢管应说明是普通镀锌钢管还是加厚镀锌钢管；铸铁管应说明是普通铸铁管还是球墨铸铁管，并明确压力等级。混凝土管应明确有筋管还是无筋管，以及轻型管还是重型管。

3）接口形式，如混凝土管应明确是抹带接口、承插接口还是套环接口及其接口材料。

4）管道基础，应明确混凝土的强度等级、骨料最大粒径要求、管座包角等。

5）垫层，应明确其材料品种、厚度、宽度等。

6）管道防腐和保温。应明确除锈等级、防腐材料等；保温应明确保温层的结构、材料种类及厚度要求。

7）管道安装的检验试验要求、试压、冲洗消毒及吹扫等要求。

2. 管道安装清单项目工程量计算

1）陶土管铺设，按设计图示管道中心线长度以延长米计算，不扣除井所占的长度。

2）混凝土管道铺设，按设计图示管道中心线长度以延长米计算，不扣除中间井及管件、阀门所占的长度。

3）镀锌钢管、铸铁管、钢管、塑料管铺设、管道架空跨越和管道沉管跨越、套管内铺设管道，按设计图示管道中心线长度以延长米计算（支管长度从主管中心到支管末端交接处的中心），不扣除管件、阀门、法兰所占的长度。新旧管连接时，计算到碰头的阀门中心处。

4）砌筑渠道和混凝土渠道，按设计图示尺寸以长度计算。

3. 管道工程土石方清单工程量的计算

管沟土石方的挖方清单工程量，按原地面线以下构筑物最大水平投影面积乘以挖土深度（原地面平均标高至槽坑底高度）以体积计算。管道结构物以外的挖土方，清单计价时在综合单价中考虑，如图 2-33 所示。

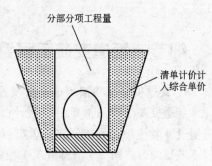

分部分项工程量

清单计价入综合单价

图 2-33　清单土方量计算方法示意图

管沟土石方清单工程量的管沟计算长度按管网铺设的管道中心线的长度（不扣除井室所占长度）计算，管网中的各种井室的井位部分的清单土方量必

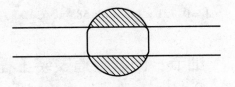

图 2-34 井位挖方示意图

须扣除与管沟重叠部分的土方量，如图 2-34 所示，只计算阴影部分的土方量。

图中阴影部分所占的体积按下式计算：

$$V = KH(D - B) \times \sqrt{D^2 - B^2} \tag{2-31}$$

式中　V——井位增加的土方量（m^3）；

　　　H——基坑深度（m）；

　　　D——井室土方量的计算直径，常按井基础的直径（m）；

　　　B——沟槽土方量的计算宽度，常为结构最大宽度（m）；

　　　K——井室弓形面积计算调整系数，根据 B/D 的值，按图 2-35 选取。

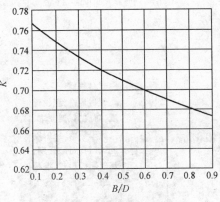

图 2-35 井室弓形面积计算系数

【示例 2-1】　某 $d400$ 的钢筋混凝土排水管道，180°混凝土基础，选用 $\phi1000$ 的检查井，管沟深度 1.8m。由设计得知，该管道基础的宽度为 0.63m，$\phi1000$ 检查井基础直径为 1.58m，试计算井位土方量。

【解】　由题意，$B = 0.63m$，$D = 1.58m$，$H = 1.8m$，

$$B/D = 0.63/1.58 = 0.4$$

由图 2-36 曲线，得 $K = 0.721$，故该井位增加的土方量为：

$$V = 0.721 \times 1.8 \times (1.58 - 0.63) \times \sqrt{1.58^2 - 0.63^2}\,\mathrm{m}^3 = 1.79\,\mathrm{m}^3$$

细节：市政管道安装工程量清单计价

在得到工程量清单后，复核清单工程量和清单项目内所包括的工程内容是否完整。计算综合单价时，应注意实际的施工工程量与清单工程量的区别，按施工工程量计算费用，按清单量报价。

在进行综合单价分析前，先确定消耗量定额以及相应的管理费和利润水平。表 2-17 为钢管铺设清单项目综合单价分析时应考虑组合的工作内容。

表 2-17　钢管铺设工程量清单项目计价指引

项目编码	项目名称	项目特征	计量单位	工 程 内 容	
040501005	钢管铺设	管材材质 管材规格,埋设深度,防腐,保温要求 压力等级,垫层厚度,材料品种、强度,基础断面形式,混凝土强度,石料最大粒径	m	1. 垫层铺筑	
				2. 混凝土基础浇筑	
				3. 混凝土制作	
				4. 管道铺设、接口	管道安装
					钢管揻弯
				5. 混凝土管座浇筑	
				6. 管道防腐	钢管除锈
					钢管内防腐
					钢管外防腐
				7. 检测及试验	给水管道试压
					燃气管道强度试验
					燃气管道气密性试验
				8. 冲洗消毒或吹扫	给水管道冲洗消毒
					燃气管道吹扫
				9. 其他	
040501012	管道焊口无损探伤	管材外径、壁厚探伤要求	口	焊口无损探伤	
				编写报告、其他	

【示例2-2】 在【示例2-1】中，如管沟开挖的边坡率为0.33，土质为三类土，管道长度为40m，检查井1座（表2-18为排水管道所占回填土方量）。

1）计算挖方清单工程量（实际工作中，由招标方提供）。

2）计算清单项目综合单价。

表2-18 排水管道所占回填土方量（管体与基础之和）

（单位：m³）

管径 D /mm	抹带接口、混凝土基础			套环（承插）接口、混凝土基础		
	90°	135°	180°	90°	135°	180°
150	0.058	0.074	0.083	0.062	0.075	0.085
200	0.086	0.104	0.117	0.089	0.107	0.119
250	0.116	0.137	0.152	0.120	0.141	0.154
300	0.151	0.179	0.201	0.159	0.182	0.203
350	0.190	0.221	0.246	0.194	0.224	0.248
400	0.238	0.276	0.302	0.251	0.279	0.305
450	0.285	0.330	0.361	0.297	0.340	0.371
500	0.349	0.408	0.445	0.363	0.418	0.455
600	0.418	0.564	0.616	0.514	0.580	0.633
700	0.657	0.767	0.837	0.694	0.785	0.846
800	0.849	1.000	1.091	0.884	1.012	1.100
900	1.082	1.273	1.383	1.126	1.292	1.388
1000	1.324	1.561	1.705	1.376	1.543	1.678
1100	1.600	1.886	2.050	1.645	1.873	1.528
1200	1.912	2.243	2.488	1.936	2.212	2.394
1350	2.368	2.783	3.015	2.464	2.806	3.042
1500	3.006	3.564	3.868	3.103	3.516	3.798
1650	3.610	4.279	4.644	3.673	4.202	4.540
1800	4.329	5.110	5.569	4.365	5.020	5.452
2000	5.388	6.378	6.949	5.415	6.279	6.817

【解】 1）挖方清单工程量根据《计价规范》相应清单项目工程量计算规则按管道结构外侧宽度计算，另加井位土方量。

$V = 0.63 \times 40 \times 1.8 + 1.79 (井位土方量) \text{m}^3 = 47.15 \text{m}^3$

2）工程量清单计价工程量（施工工程量）。

沟槽底宽取 1.3m，放坡系数按 1:0.33 计，则

上口宽：$W = 1.3 + 2 \times 0.33 \times 1.8 \text{m} = 2.49 \text{m}$

体积：$V = \dfrac{1.3 + 2.49}{2} \times 1.8 \times 40 \times 1.05 \text{m}^3 = 143.26 \text{m}^3$

3）综合单价的计算：本例采用某企业消耗量定额进行单价分析。查该企业消耗量定额相对应的子目中，人工费 1605.62 元/100m^3，管理费按人工费的 10% 计取，利润率按人工费的 25% 计取，人工单价按 30 元/工日计取，材料价格和机械台班单价按市场价计算，则

人工费：$1605.62 \times 1.4326 = 2300.20$（元）

管理费：$2300.2 \times 10\% = 230.02$（元）

利润：$2300.2 \times 25\% = 575.05$（元）

土方工程合价：$2300.2 + 230.02 + 575.05 = 3105.27$（元）

挖方清单项目综合单价：

土方工程合价 ÷ 清单工程数量 $= 3105.27 \div 47.15 = 65.86$（元/m^3）

细节：管件、管网附属设备工程量清单编制

1. 管件制作安装工程量清单编制

管件安装工程根据《计价规范》附录 D.5 "表 D.5.2" 相应清单项目设置分部分项工程量清单项目，在设置清单时，应明确描述以下项目特征：

1）管件的类型和规格，如承插弯头、三盘三通等，并标明规格，承插铸铁管件安装还应标明接口材料；钢制弯头应标明是压制弯头还是虾壳弯等。

2）法兰钢管件应标明法兰的类型（如螺纹法兰、平焊法兰等）、压力等级及规格等。

各种材质的管件安装工程量分别按设计图示数量计算。计算工程量时应按管件的类型、管径、壁厚、压力等级分别统计计算。

2. 阀门、水表安装工程量清单编制

法兰阀门、水表和消火栓安装按根据《计价规范》附录 D.5 "表 D.5.3" 相应清单项目设置工程量清单项目, 并根据相应工程量计算规则计算清单工程量。在进行清单项目特征描述时, 应明确以下内容:

1) 阀门、水表等的规格和型号, 如 Z45T—1.0 DN200 等。

2) 阀门的检查、清洗、连接方式、阀门试压与阀门相连接的法兰盘的种类材质等。

3) 水表的型号、规格、连接方式 (如螺纹连接、法兰连接) 等, 应描述是否包括法兰盘。

【示例 2-3】 某燃气管道工程, 如图 2-36 所示, 管道外除中锈, 管道外防腐为氯璜化聚乙烯 (三油二布), 试编制该工程的分部分项工程量清单。

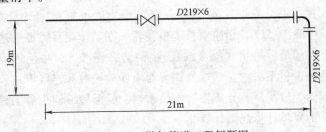

图 2-36 燃气管道工程例题图

【解】 该工程的分部分项工程量清单见表 2-19。

表 2-19 分部分项工程量清单

项目编码	项目名称	计量单位	工程数量
040501004001	直缝卷焊碳钢管道 (Q235) 铺设 $D219 \times 6$, 电弧焊, 管道外除中锈, 外防腐为氯璜化聚乙烯 (三油二布), 强度试验	m	40
040503001001	法兰阀门安装 DN200 Z41H—16C, 碳钢平焊法兰 (电弧焊)	个	1
040502004001	法兰碳钢压制弯头安装 DN200, 碳钢平焊法兰 (电弧焊)	个	1

3. 井类工程量清单编制

井类工程按根据《计价规范》附录 D.5 "表 D.5.4" 相应清单

项目设置工程量清单，在工程量清单的特征描述时应明确以下内容：

1）井的名称（如跌水井、水封井、砂井、检查井等），井的规格（如直径、深度等），所采用的标准图号。

2）材料，如砖砌、石砌及相应的材料等级。

3）井的抹面要求。

4）井盖井座应明确材质（如钢筋混凝土、铸铁）、种类（如轻型、重型）等。

5）垫层、基础，应明确材质、厚度及混凝土的强度。

各种砌筑检查井、混凝土检查井、雨水进水井、其他砌筑井的工程量按《计价规范》附录 D.5 "D.5.4" 相应项目工程量计算规则计算。

4. 燃气用设备安装工程量清单编制

燃气常用部分安装工程分部分项工程量清单根据《计价规范》附录 D.5 "表 D.5.7" 相应项目清单设置，在清单项目特征描述时应明确型号、规格、材质（凝水缸）、刷油防腐要求等，法兰连接的设备应明确是否包括法兰盘，煤气调长器应明确波数和连接形式。凝水缸、调压器、过滤器、分离器、安装水封、检漏管、调长器工程量按相应项目工程量计算规则计算。

细节：管件、管网附属设备工程量清单计价

分部分项工程量清单综合单价的计算，一定要参照《计价规范》附录 D 中相应清单项目的工作内容计算。如阀门，应按工程量清单规定的型号和材质以及阀门的清洗、解体检查、研磨等要求计价。当选用某消耗量定额做单价分析时，应注意阀门的解体检查、清洗、研磨等内容是否已包括在定额内，以便正确计价。

水表安装按连接方式分为螺纹水表安装和法兰水表安装。市政管道由于管径大，通常用法兰水表，水表通常与阀门成组安装。计价时，应根据阀门和水表的组合方式，考虑水表和阀门所附带的法兰安装费用计算。

例如计算，水表安装的清单综合单价分析时应按组合的工作内

容，然后再根据所采用的消耗量定额工程量计算规则，计算各项目的工程量、相应人工、材料、机械费用及管理费和利润，计算综合单价，见表2-20。

表2-20　水表安装工程量清单计价指引

项目编码	项目名称	项目特征	计量单位	工程内容	可组合的主要内容
040503002	水表安装	公称直径		1. 丝扣水表安装 2. 法兰片焊接、法兰水表安装	丝扣水表安装
					法兰安装
					法兰水表组合安装
					其他

3 常用名词解释

保冷工程：是指防止或减少工业与民用设备、管道不受周围环境的热量侵入的绝热工程。

保温工程：是指防止或者减少工业与民用设备、管道或建筑物，向周围外界散失热量的绝热工程。

爆破：是利用化学物品爆炸时所产生的大量的热能和高压气体，改变或破坏其周围物质的现象。

变径管：又称为异径管，俗称大小头。常见的变径管有正心和偏心两种，可用钢板卷制，也可以用钢管捶制。一般管径较大的都用钢板卷制；管径较小的多用捶制。

标底：是指建设单位（或发包单位）在招标中，对拟建的工程项目由自己或委托有关单位，计算出建成该项工程所需的工程造价，该造价经招标办公室审定后而成的发包造价，就称为标底。

波纹管：是用薄壁不锈钢板通过液压或辊压而制成波纹形状，然后与端管、内套管及法兰组对焊接而成补偿器。

补充定额：也称补充项目，是指由于设计图样上采取的构造做法，在定额中没有列入或统一定额的缺项及技术革新出现新成果和操作条件变化等，由省、市、自治区主管部门进行补充或由企业根据定额编制的原则和方法编制的补充定额项目。企业补充定额须经主管部门审批后方可使用。

材料净定额：直接用于建筑产品的材料标准称为材料净定额。

材料损耗定额：不可避免的生产（施工）废料和不可避免的材料消耗标准称为材料的损耗定额。

材料消耗定额：是指在合理使用并节约材料的条件下，生产单位合格产品所必须消耗的一定规格的建筑材料、半制成品、配件等的数量标准。

供热：在寒冷的季节，为保持室内一定环境温度，按照一定的方式向室内补充热量，称为供热。

供热系统：由锅炉、管道、散热设备等组成的循环网络称为供热系统。

产量定额：是指在合理的劳动组织、合理使用材料和施工机械配合条件下，某工程技术等级的工人班组或个人，在单位时间内所完成质量合格产品的数量。

衬里管道：一般是指在碳钢管的内壁，衬上耐腐蚀性强的材质，达到既有机械强度，又有一定的受压能力，又有较好的防腐性能。

承插铸铁管：是在铸铁管的管端设有承插口，有油麻石棉水泥、橡胶圈石棉水泥、橡胶圈水泥砂浆、油麻青铅和自应力水泥砂浆等接口作连接密封口。

城乡维护建设税：原名城市维护建设费，它是国家为了加强城乡的维护建设，稳定和扩大城市、乡镇维护建设的资金来源，而对有经营收入的单位和个人征收的一种税。

除锈工程：金属材料由于受化学腐蚀及电化学腐蚀而出现锈蚀现象，如果让锈蚀现象进一步加深，金属材料的利用价值将会降低甚至会产生严重的后果。除去金属材料的锈蚀，称为除锈工程。

粗效过滤器：粗效过滤器是用以过滤 $10 \sim 100\mu m$ 较粗尘粒的过滤器，可用作中、高效过滤的预过滤，滤料分有泡沫塑料和针刺毡等，其过滤风速宜小于 $1.2 m/s$，初阻力小于 $100 Pa$，容尘量较小。

带气连接：就是将新建燃气管道与正在使用的燃气管道相连接。

单价法：首先根据单位工程施工图计算出各分部分项工程的工程量；然后从预算定额中查出各分项工程相应的定额单价，并将各分项工程量与其相应的定额单价相乘，其积就是各分项工程的价值；再累计各分项工程的价值，即得出该单位工程的直接费；根据地区费用定额和各项取费标准（取费率），计算出间接费、利润、税金和其他费用等；最后汇总各项费用即得到单位工程施工图预算造价。

单位工程：一般是进行工程成本核算的对象。在预算结算制中，单位工程产品价格是由编制单位工程施工图预算这一特殊方式来确定的。单位工程竣工后一般不能独立发挥生产能力或效益，但具有独立的设计文件，可以独立组织施工的工程。它是单项工程的组成部分。

如一段道路工程、一段下水道工程等都称为是一个单位工程。

单位估价表：以定额消耗标准，通过货币计算规定为一定的经济价值。它以一个省或一个城市或一个地区（或新建工业区）为范围，根据全国或全省统一建筑、安装工程定额（包括预算定额和综合预算定额）、当地建筑安装工人日工资标准、当地材料预算价格及施工机械台班预算价格，用货币形式（元）表达一个工日的单位单价。

单位估价汇总表：是根据摘录单位估价表的分项单价，人工、材料、机械等费用的合计数，并列有定额子项的合计工日数和原材料数量而编制的一种简表。

单项工程：是指在一个建设项目中，具有独立的设计文件，竣工后可以独立发挥生产能力或效益的工程。它是建设项目的组成部分，如学校的教学楼、图书馆、食堂等就是一个单项工程。

单眼灶：是指只设一个主火的灶具，主火燃烧器热负荷大，火力集中，作爆炒用，同时也能满足炸、煎、煸、熘等用途。设备简单，体积小，使用方便。

弹簧压力表：主要由表壳、表盘、弹簧管、连杆、扇形齿轮、指针、轴心架等组成。

低压铸铁凝水缸：即输出气体压力为低压且由铸铁制造而成的凝水缸，凝水缸是排水器的一个组成部分。

底漆：是直接施涂于物体表面，而作为面层基础的涂料。

地方定额：包括省、市、自治区等各级地方制定的定额。地方定额是在考虑地区特点和统一定额水平的条件下编制的，只在规定的地区范围内执行的定额。各地区不同的气候条件、物质技术条件、地方资源条件和交通运输条件等对定额内容和水平的影响，是拟定地方定额的客观依据。

电焊条：简称焊条，是电焊时熔化填充在焊接工作接合处的金属条。涂有药皮以供手工焊用的金属棒。它由药皮和焊芯两部分组成，通常按用途性能特征、药皮类型及焊渣的酸碱性等区别分类。

吊装：即把成品利用起重设备装载到载重汽车上以便运输，或安装到基础或台座上。

调压箱：当燃气直接由中压管网（或次高压管网）经用户调压器降至燃具正常工作所需的额定压力时，常将用户调压器装在金属箱内挂在墙上，称为调压箱。

定额：就是规定在产品生产中人力、物力或资金消耗的标准额度。它反映一定社会生产力条件下的产品生产和消费之间的数量关系。

冬、雨季施工增加费：是指在冬期、雨期施工期间，为了确保工程质量，采取保温防雨措施所需要增加的直接费。其范围包括：冬期、雨期施工所需的防冻、防雨措施；挖排水沟和防水沟；冬期、雨期施工工效降低、混凝土及砂浆标号提高一级的水泥用量；增加必须的化学剂；砂、石、水的加热等所需的材料。个别特殊工程和重点工程需要在冬期、雨期采用大面积的防寒、防雨施工所耗用的工料、煤和混凝土蒸气养护等费用应另行计算。

对焊法兰：又称高颈法兰或大尾巴法兰。强度大，不易变形，密封性能较好，有多种形式的密封圈，适用的压力范围很广。

对口：是组焊的一个工序，是接口焊接的前期工作。

阀门：管道中用来控制气体或液体的流量，降低它们的压力或改变流动方向的部件，通称为阀门。

阀门压力试验：是指阀门的强度试验和阀门的严密性试验。

法兰：是一种标准化的可拆卸的连接形式，广泛用于燃气管道与工艺设备、机泵、燃气压缩机、调压器及阀门等的连接。

防腐蚀工程：是指采用科学的方法防止或者控制腐蚀的危害作用的工程。

防腐涂料：采用合成树脂为原料配制成的涂料称为防腐涂料。

防雨环帽：是一种环形的用来防止雨水浸入管道的配件。

分部工程：是单位工程的组成部分。根据结构部位不同可将一个单位工程分解为若干个分部工程，如可将一段道路工程分解为路基工程、路面工程、附属工程等若干个分部工程。

分离器：是用来把管道内输送的物料从高速的两相流中分离出来的设备。

分项工程：是分部工程的组成部分。按照不同的截面形式、不同的材料、不同的施工方法，可将一个分部工程分解为若干个分项工程，如机械挖土方、砾石砂垫层、水泥混凝土面层等。

腐蚀：材料除单纯的受机械作用的破坏之外，而与外部介质的作用引起的一切破坏和变质现象，均称为腐蚀。

概算定额：它是在相应预算定额的基础上，以分部工程为主，综合、扩大、合并与其相关部分，使其达到项目少、内容全、简化计算、准确适用的目的。

概算指标：它是在相应概算定额的基础上，对市政建筑安装单位工程进行综合、扩大而形成的一种规定，完成一定计量单位的建筑物或构筑物所需要的劳动力（工日）、主要材料消耗量和相应费用的指标。

干馏煤气：是利用焦炉、碳化炉和立箱炉对煤进行干馏所获得的煤气。

钢板卷管：是由钢板卷制焊接而成。分为直缝卷焊钢管和螺旋卷焊钢管两种。

钢塑过渡接头：是一种特殊的接头。管道的安装中有时候需要将钢管和塑料连接起来，这时就要用一种特殊的接头来连接。这种用于连接钢管和塑料管的接头称为钢塑过渡接头。

高效过滤器：是采用超细玻璃纤维、超细石棉纤维等制成的滤纸为滤料作成的过滤器，为了减小阻力和增加微粒的扩散沉降，必须采用很低的过滤风速（数量级为 cm/s），所以需将滤纸多次折叠，折叠后中间的通道靠波纹分隔板隔开，使其过滤面积为迎风面积的 50 ~ 60 倍，用于过滤小于 $1\mu m$ 的微粒。

工程：是指人类改造自然进行固定资产再生产的社会经济活动，即为固定资产再生产而进行的投资活动。

工程定位、复测、工程点交、场地清理费：是指开工前测量、定位、钉龙门板桩及经规划部门派人员复测的费用；办理竣工验收、进行工程点交的费用；以及竣工后室内垃圾、室外弃土等场地清理所发生的费用。

工程量：是以物理计量单位或自然计量单位表示的各个具体工程细目的数量。

工期定额：它是为各类工程规定的施工期限的定额天数，包括建设工期定额和施工工期定额两个层次。

工业管道：在工业企业中，输送介质为生产服务的管道称为工业管道。

工艺管道：指凡是在工艺流程中，输送生产所需各种介质的管道，包括生产给水、排水循环水管、油管、压缩空气管、氧气、氮气、煤气等管道都属于工艺管道，凡是为生活服务的供热、给水排水、煤气等管道不属于工艺管道。

公称压力：指管子和管道附件的基准温度下允许的最大工作压力，也叫名义压力，用 PN 表示。

公开招标：由招标单位通过报刊、广播、电视等公开发表招标公告，凡具备投标资格的施工企业都可以参加投标。

管道：是指管道系统中输送介质的若干根管子。

管道的螺纹连接：指的是在管子端部按照规定的螺纹标准加工成外螺纹与带有内螺纹的管件拧接在一起。它广泛应用在水、煤气管为主的采暖、给水、煤气工程中，接口口径 $DN15 \sim DN1500$；近年来，由于焊接技术的应用和普及，目前的螺纹连接只普遍应用在非镀锌钢管口径 $DN15 \sim DN50$，镀锌钢管口径 $DN15 \sim DN100$ 和一些仪表管路的连接中，其他地方的连接大部分被焊接取代了。

管道接头零件：又称管子配件或管件。接头零件在管路中起到连接、分支、转弯和变径作用。

管道入沟：就是将管子准确地放置于平面位置和高程均符合设计要求的沟槽中，简称下管。

管箍：又称外接头，用于连接同径通长钢管。

管件：又名异形管，是管道安装中的连接配件，用于管道变径、引出分支、改变管道走向、管道末端封堵等，有的管件则是为了安装维修时拆卸方便，或为管道与设备的连接而设置。

管口翻边活动法兰：也称卷边松套法兰。这种法兰与管道不直接焊接在一起，而是以管口翻边为密封接触面，套紧法兰起紧固作用，多用于铜、铅等非铁（有色）金属及不锈耐酸钢管道上。

管帽：也称封头，是用于工艺管道敷设的末端，起封闭作用。常用的有两种，一种是可锻铸铁（玛钢）内螺帽，适用于螺纹连接焊接钢管的管道安装，用量极少，常用规格在 100mm 以下，另一种是钢制管帽，国家标准将钢制管帽也列入钢制对焊无缝管件中，管帽的头部为椭圆形。

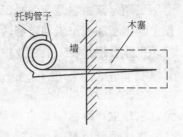

图 3-1　管子托钩

管子托钩：管子托钩是指将管道支承固定于墙柱上的支承铁件，如图 3-1 所示。它主要用来支托管子悬于墙柱，多用于水平管。

管座：也称凸台或管咀，是自动化控制装置及仪表安装工程在工艺管道上安装的一种部件，一般设计也在工艺管道图样上，由工艺管道专业来施工，所以把管座列为管件。管座一端焊接在工艺管道上，另一端连接自控部件。连接形式分为三种，有螺纹连接、承插焊接、对接焊接。

焊接弯头：又称虾米腰或虾壳弯头。

缓蚀剂：是一些用于腐蚀环境中抑制金属腐蚀的添加剂。

火口长度：对于热弯弯头，弯曲长度又叫火口长度。加热长度应稍大于火口长度。

机械接口：指接头之间用螺栓和压轮实现承插口的连接，并通过压轮将密封紧塞在承插间隙中的一种接口形式。

机械台班使用定额：机械台班使用定额是指完成单位合格产品，某种施工机械所消耗的工作时间标准。

间接费：是指为完成整个单位工程内各分项工程所共同发生的，除直接费以外的费用。由于这种费用不是直接性的生产费用，而属非生产性开支，故称为间接费。

间接费定额：它是施工企业为组织和管理施工生产所需的各项经营管理费用的标准，是工程造价的重要组成部分，由地方主管部门按照工程性质，分别规定不同的取费率和计算基数进行计算。由于它不是构成工程实体所需的费用，是施工中必须发生而又不便于具体计算的费用，只能以费率的形式间接地摊入单位工程造价内，所以对这一费用标准，称为间接费定额。

减压器：是把气态液化石油从高压变为低压的一种阀门。除具有减压作用外，还有稳定出口气体压力的功能。

检漏：是在净化工程中对送风过滤器本身和过滤器与框架之间以及框架本身和框架与周围结构之间无漏泄进行的测试措施。

建设单位管理费：是指建设项目从立项、筹建、建设、联合试运转、竣工验收交付使用及后评估等全过程管理所需费用。

建设工期：是指建设项目中构成固定资产的单项工程、单位工程从正式开工之日起到全部建成投产或交付使用之日止所经历的时间，一般以月数或天数表示。

建筑安装材料信息价格：又称市场价格。它是指为适应建筑市场体制改革的需要，工程造价管理逐步向"控制量、指导价、竞争费"过渡，对工程造价实行动态管理的一种措施。所谓动态管理，就是工程造价管理部门，对一些信用好、质量高、生产批量大、市场占有率大的厂家产品，实行定厂、定商标公布，以加强政府宏观调控能力，完善建设工程造价管理体系，规范建设市场行为。

建筑安装工程定额：简称工程定额，就是在工程建设中，完成单位合格产品所必须消耗的人工、材料、机械台班数量和价值数量的标准。因此，建筑安装工程定额就是确定建筑安装工程造价和物质、材料消耗数量标准的依据。此外，还规定了应完成的工作内容，达到的质量标准和安全要求。

建筑安装工程造价：是指修建建筑物或构筑物、对需要安装设备的装配、单机试运转以及附属于安装设备的工作台、梯子、栏杆和管线铺设等工程所需要的费用。

建筑钢材：建筑工程上所用的钢筋、钢丝、型钢（工字钢、槽钢、角钢、扁钢等）、钢板和钢管统称为建筑钢材。

胶圈：是一种橡胶或塑料制成的圆环的配件。用来保护被连接件的表面不擦伤，增大螺母和连接件的接触面积，以及遮盖被连接件的表面不平，起到密封的作用。

进口设备：是指通过国际贸易或经济合作途径，采取不同的贸易形式，从国外购买的成套设备。

绝热工程：是指用手工捆扎或机械喷镀的方法，将绝热材料捆扎、缠绕或喷镀、浇注在被绝热的设备、管道、结构及其他建筑物的表面上，达到绝热目的的一项施工全过程。

　　绝缘层防腐法：此法是在埋地钢管上涂敷电缘性良好的隔离层。可以避免管道金属与土壤直接接触。阻止电流流入管道和流出管道。因此，如果隔离层完整无损，并保持良好的电绝缘性能和防水性能，则土壤中的电解质不可能透过隔离层与管道金属接触，就可以防止电化学腐蚀的发生。

　　卡子：卡子是指将管道支承固定于墙柱上的支承铁件，它不仅起支托作用，还可将管子卡住固定不动，其构造如图 3-2 所示。

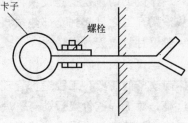

图 3-2　管卡子

　　勘察设计费：是指委托设计单位进行勘察设计时，按规定应支付的工程勘察设计费以及为进行可行性研究所支付的费用等。

　　劳动定额：劳动定额也称人工定额。它是在正常施工组织条件下，完成单位产品所消耗的劳动力数量标准。

　　利润：是企业自身情况应计入建筑安装工程造价的净收益。

　　联合试车费：是指新建或扩建工程项目竣工前，按照规定应进行有负荷和无负荷的联合试运转所发生的费用。当其试运转的支出大于收入时，费用收入与费用支出的差额，便称做联合试车费。

　　临时设施费：是指施工企业为运行建筑安装工程所必需的生活和生产用的临时建筑物、构筑物和其他临时设施费用等。

　　履带式起重机：是一种自行式、360°全回转的起重机。它操作灵活，行驶方便，对地耐力要求不高，臂杆可以接长或更换。因此在一般单层工业厂房结构安装中，使用最为广泛。

　　煤气调长器：也称煤气波形补偿器，是采用普通碳钢的薄钢板经冷压或热压而制成半波节，再由两段半波焊成波节，数波波节与颈管、法兰、套管组对焊接而成波形补偿器。

　　面漆：面漆是涂在物体最外层的漆，是刷油的最后一步。

　　耐腐蚀材料：腐蚀速度在 1mm/年以下的材料称为耐腐蚀材料。

凝水缸：又称排水器，是燃气管道上必要的附件，高、中压管道凝水缸用钢板制作，低压可用铸铁制作。

排水器：是用于排除燃气管道中冷凝水或轻质油的部件，由凝水缸、排水装置和井室三部分构成。

平衡式快速热水器：是指热水运行时燃烧所需的空气取自室外，燃烧后的废气通过烟道也排至室外，整个燃烧系统与室外隔开。安装时，需要安装烟道和进排气管，比较麻烦。

平均腐蚀速度：材料在单位时间、单位面积因腐蚀而损失的质（重）量叫做该材料的平均腐蚀速度。

企业定额：是一种由建筑安装企业编制，在本企业内部执行的定额，但必须由主管部门审批后才能使用的定额。

起重桅杆：是一种土法吊装起重机械，在起重机等比较先进的起重机械不能有效合理使用的情况下采用。起重桅杆主要由桅杆、底座、滑轮组和卷扬机等组成。

气割：利用氧气和乙炔燃烧时产生的热能，使切割的金属在高温下熔化，产生氧化铁熔渣，再用高压氧气气流将熔渣吹离金属，管子被切断。

气焊：是应用乙炔（C_2H_2）和氧气燃烧时的火焰作为热源来进行焊接的。

气化煤气：是煤在高温下与气化剂反应所产生的燃气。

气密性：就是用空气压力来检验管道在近似的运输条件下，其管材和接口的致密性。因此，气密性需在燃气管道全部安装完成后进行。若是埋地敷设，必须回填土至管顶上 0.5m 后进行。

汽车式起重机：是将起重机构安装在普通载重汽车或专用汽车底盘上的一种自行式全回转起重机，这种起重机的优点是运行速度快，能迅速转移，对路面破坏性很小。但吊装作业时必须支腿，因而不能负荷行驶，且不适合松软或泥泞地面作业。

强度试验：就是用较高的空气压力来检查管道接口（也包括管材）的致密性。

热风供热系统：热风供热系统以空气作为热媒。在热风供热系统中，首先将空气加热（可以用蒸汽、热水、烟气来加热），然后送入室内，热空气在室内放出热量，从而达到供热目的。

热水供热系统：热水供热系统是以热水为热媒，经输热管道流到供热房间的散热器中，放出热量后经管道流回热源。按其循环的动力，分为机械循环热水供热系统和重力（自然）循环热水供热系统。

人工燃气：是固体燃料或液体燃料加工所产生的可燃气体。

三通：是主管道与分支管道相连接的管件。

勺弯：是角度不规则的弯管，故弯曲成形时难于用角度固定的测尺控制其弯形。

设备的运杂费：是指设备由交货地点（或进口设备的抵达港口）运至工地仓库所发生的国内运输费、装卸费、供销部门手续费、采购方自备包装品的包装费和采购保管费等费用总和。

施工措施费：是指施工企业为完成市政工程所承担的社会义务、施工准备、施工方案发生的所有措施费用（不包括已列定额子目和综合费所包括的费用）。

施工定额：是施工企业直接用于建筑安装工程施工管理的一种定额。

时间定额：是指在正常施工组织条件下，完成单位产品所必须消耗的工作时间。

实物法：首先根据单位工程施工图计算出各个分部分项工程的工程量；然后从预算定额中查出各相应分项工程所需的人工、材料和机械台班定额用量，再分别将各分项工程的工程量与其相应的定额人工、材料和机械台班需用量相乘，分别累计其积并加以汇总，就得出该单位工程全部的人工、材料和机械台班总耗用量，再将所得人工、材料和机械台班总耗用量各自分别乘以当时当地的人工单价、材料单价和机械台班单价，其积的总和就是该单位工程的直接费；根据地区费用计算规则和取费费率，计算出间接费、利润、税金和其他费用；最后汇总各项费用即得出单位工程施工图预算造价。

市政工程：一般所说的市政工程包括城市给水、排水、道路、桥涵、隧道、燃气、供热、防洪等工程，这些工程由城市政府组织有关部门经营管理，通常称为市政公用设施，简称市政工程。

试压泵：是吸入和排出液体用的设备，能把液体抽出或压入容器，也能把液体送到高处。这里指水压试验所用的。

试验压力：指对管子和管路附件进行水压强度和材料严密性检验的压力，用 P_s 表示。

室内煤气管道：是指架设于建筑物内或建筑物墙上的煤气管道。

焊条电弧焊：焊条电弧焊是利用焊条与工件间产生的电弧将工作和焊条熔化而进行焊接的（见图3-3），电弧在焊条与工件之间燃烧，电弧热使工件和焊条同时熔化，工件熔化形成熔池，焊条的金属滴在各种力的作用下过渡到熔池当中。电弧热还使焊条的药皮分解、燃烧和熔化，药皮分解、燃烧产生的大量气体包围在电弧周围，药皮熔化后与液体金属起物理化学作用，所形成的熔渣不断地从熔池中浮起，覆盖在焊缝上。气流和熔渣

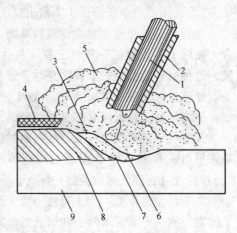

图 3-3　焊条电弧焊的焊接过程
1—焊条芯　2—焊条药皮　3—液态熔渣
4—固态渣态　5—气体　6—金属熔滴
7—熔池　8—焊缝　9—工件

防止了空气中氧和氮的侵入，起到保护液体金属的作用。

水封：是利用充水的办法隔断管道设备等内部腔体与大气连通的方法，阻止内部气体溢入大气，防止昆虫通过。

水暖燃气工程：是购置、安装水暖燃气设备和水气（汽）输送管道的生产活动过程以及与之相联系的其他有关工作。

水性水泥漆：是以氯化橡胶、增塑剂、各色颜料、助剂等加工配制而成。

税金：是指国家税法规定的应计入建筑安装工程造价内的营业税、城市维护建设税及教育费附加。

素填土：是由碎石、砂土、粘性土组成的填土。经分层夯实统称素填土。

T型调压器：是调压器的一种，是一种间接作用式的调压器，依靠煤气出口压力的变化来指挥动作、接通能源（外部能源或被调介质），使调节阀门移动进行调节，主要型号有 TMJ—314、TMJ—316、TM—318，其进口压力为 1000～10000Pa，出口压力为 ±10%（出口压力），关闭压力小于等于 1.2 倍出口压力。

套管：是指管道在穿越建筑物基础、墙体和楼板之处时，预先配合土建施工所预埋的一种衬套管，其作用是避免打洞和方便管道安装，这种衬套管直径一般较其穿越管道本身的公称直径大 1～2 级。

套螺纹：管道安装过程中，要给管端加工使之产生螺纹以便连接。管螺纹加工过程叫套螺纹（俗称套丝）。

天然气、副产煤气：天然气是通过钻井从地层中开采出来的。如果开采出来的燃气中不含石油，这种燃气称为纯天然气（或天然气）；如含有石油，则称为副产煤气。

统筹法：是指当一个工程或一项工作由很多工序组成，其工序与工序之间有一定的关系时，如何统筹全局、合理安排的一种方法。

土方工程：是土木工程施工的主要工种工程。常见的土方工程有：场地平整；地下室、基坑（槽）及管沟的开挖与回填；地坪填土与碾压；路基填筑等。

脱脂：就是更彻底的清洗，同时清洗后不再涂油。

挖眼接管：是一种管壁上开有小孔的连接零件，用于管道连接的特殊部位。

弯管的弯曲半径：如果我们把弯管看成是圆环管一部分的话，那么这个圆环管中心的半径，就是弯管的弯曲半径，通常用 R 表示。

弯管画线：弯管加热前应根据弯管角度计算弯曲长度，并用白铅油画在管子上，这种做法叫做弯管画线。

弯头：用于改变管路走向的弯管称弯头，是管道工程中最常用的管件之一。

搣弯：是在管道安装中，遇到管线交叉或某些障碍时，需要改变管线走向，应采用各种角度的弯管来解决。搣弯的方法有冷弯和热弯。

牺牲阳极法：是最早应用的电化学保护法。它简单易行，又不干扰邻近的设施。牺牲阳极还是抗干扰腐蚀的一种手段，可用来排流、防雷及防静电接地。

箱式调压器：是调压器的一种，用于居民生活、公共建筑、工业用户的燃气调压，也称为调压箱。

烟道式快速热水器：是指热水器运行时燃烧所需的空气取自室内，燃烧后的烟气通过烟道排至室外（可自然排出，也可利用风机强制排出）。安装时，需要安装烟道和进排气管，比直排式要麻烦些。

邀请招标：由招标单位向有承包本工程能力的施工企业（即经过资格预审合格者），发出招标通知书，有限制、有选择地邀请招标对象参加投标。

夜间施工增加费：仅指因工程结构及施工工艺需要而增加的夜间施工费用（其中包括照明设施摊销费、照明费、夜餐补助和降效等费用），不包括为了提前工期而采取夜间施工时所发生的费用。

液化石油气：主要从油、气开采或石油加工过程中取得。目前城市使用的液化石油气主要是从炼油厂催化裂解气体中提取的。

议标：由招标单位选择两家以上有承担能力的施工企业进行协商，对工期、造价等主要问题如能取得一致意见，即可定为中标单位。

异径管制作：根据管道规格以及设计要求，采用压制或焊接方法制成异径管。

阴极保护：是在金属表面通以足够的阴极电流，使金属表面阴极极化，成为电化学电池中电位均一的阴极，从而防止其表面腐蚀的防腐技术。它适用于土壤、淡水、海水等介质中金属的腐蚀防护。

营业额：是指从事建筑、安装、修缮、装饰及其他工程作业收取的全部收入，还包括建筑、修缮、装饰工程所用原材料及其他物资和动力的价款。当安装的设备的价值作为安装工程产值时，也包括所安装设备的价款。但建筑安装工程总承包方将工程分包给他人的，其营业额中不包括付给分包方的价款。

油麻：是采用松软、有韧性、清洁、无麻皮的长纤维麻，加工成麻辫，浸放在用5%石油沥青和95%的汽油配制的溶液中，浸透、拧干，并经风干而成。

预算定额：是指在正常合理的施工条件下，规定完成一定计量单位的分项工程或结构构件所必需的人工（工日）、材料、机械（台班）以及用货币形式表现的消耗数量标准。它是在编制施工图预算时，计算工程造价和计算单位工程中劳动力、材料、机械台班需要量使用的一种定额。预算定额属于计价性定额。

预制保温管：是将保温材料制成板状弧形块、管壳等形状的制品，用捆扎或粘结方法安装在管道上形成保温层的保温管。

远地施工增加费：是指远离基地施工所发生的管理工作人员和生产工人的调迁差旅费、工人在途中工资、中小型施工机具、工具仪器、周转性材料及办公、生活用具等运杂费。对于包工包料工程，不论施工企业基地与工程所在地之间的距离远近，均由施工企业包干使用。包工不包料工程则按实际发生的费用计算。

杂散电流：是指在地中流动的设计之外的直流电，它来自直流的接地系统，如直流电气轨道、直流供电所接地极、电解电镀设备的接地、直流电焊设备及阴极保护系统等。其中，以城市和矿区电机车为最甚。

杂填土：是含有建筑垃圾、工业废料、生活垃圾等杂物的填土。

闸阀：闸板启闭方向和闸板平面方向平行的阀门称为闸阀，其构造如图 3-4 所示。

蒸汽伴热管：是伴随工质输送管一起敷设的蒸汽管件。

蒸汽供热系统：是以蒸汽为热媒，蒸汽经过管道输送给散热器，将热量散发到供热房间去，凝结水由回水管道流入凝结水箱，然后用水泵将凝结水送入锅炉加热。

直接费：是指直接用于完成定

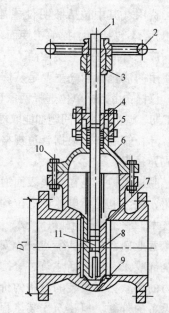

图 3-4 明杆平行式双闸板闸阀
1—阀杆 2—手轮 3—轴套 4—填料压盖 5—填料 6—阀盖 7—阀体
8—闸板 9—密封圈 10—螺栓螺母
11—顶楔

额项目所消耗的费用。

直接工程费：是指施工过程中耗费的构成工程实体和有助于工程形成的各项费用。

直流式快速热水器：是指热水器运行时燃烧所需空气直接取自室内，燃烧后的废气通过烟道排至室外，整个燃烧系统与室内隔开。水流经过热水器后迅速被加热至温度为 40～60℃，适用于浴用或洗涤。水温可按需自行调节。图 3-5 为直接排气式快速热水器的安装示意图。

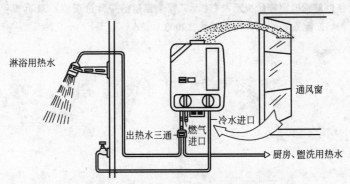

淋浴用热水

通风窗

出热水三通　燃气进口　冷水进口

厨房、盥洗用热水

图 3-5　直接排气式快速热水器安装图

止回阀：又名逆止阀或单向阀，用来防止管道中流体倒流。当产生倒流时，阀瓣自动关闭。

中效过滤器：是常用中细孔泡沫塑料、化纤无纺布等为滤料的过滤器，主要用于过滤 1～10μm 的尘粒，它的过滤风速较低，数量级为 cm/s。

中压阀门：指在承压为 4MPa≤PN≤6.4MPa 的阀门。

中压铸铁凝水缸：它是输出气体的压力为中压，且由铸铁制造成的凝水缸。凝水缸是排水器的一部分。排水器是用于排除燃气管道中冷凝水或轻质油的配件。

专业定额：是考虑到各专业主管部门由生产技术特点所决定的基本建设特点，参照统一定额的水平编制的定额。

鬃毛过滤器：是可自动卷绕滤料的过滤器，由箱体滤料和固定滤料部分、传动部分、控制部分等组成。

参 考 文 献

[1] 中华人民共和国国家发展计划委员会. 工程建设项目施工招标投标办法 [S]. 北京：中国建筑工业出版社，2003.

[2] 中华人民共和国建设部. GB 50500—2003 建设工程工程量清单计价规范 [S]. 北京：中国计划出版社，2003.

[3] 中华人民共和国建设部. 全国统一市政工程预算定额第七册（燃气与集中供热工程）[S]. 北京：中国计划出版社，2003.

[4] 建设部标准定额研究所.《建设工程工程量清单计价规范》宣贯辅导教材 [M]. 北京：中国计划出版社，2003.